altaMar

Misteri

Bruño

Director d'Edicions i Producció
J. Ramírez del Hoyo

Cap de Producció
J. Valdepeñas Hernández

Coordinadora de Producció
M. Morales Milla

Coordinador Lingüístic
Josep Pelfort

Traducció
Daniel Vivern

Directora de la Col·lecció
Trini Marull

Disseny gràfic
Tau, S. A.

Tretze minuts després de mitjanit

Jo Pestum

Il·lustració

Rafael Pardo

Taller de lectura

Enric Larreula

Títol original: *13 Minuten nach Mitternacht*

Av. Diagonal, 472-476. 08006 Barcelona.

Primera edició: juliol 1995
Segona edició: abril 1998
Tercera edició: juny 1999

ISBN: 84-216-2594-2
D. legal: M.-19.028-1999
Impresió: Gráficas Rógar, S. A.

Printed in Spain

Jo Pestum

- Va néixer a Essen, Alemanya, el 1936, fill d'una família de treballadors.
- Després d'haver fet de lector en diverses editorials, va establir-se com a escriptor per lliure, com a pintor, caricaturista i guionista.
- Viu amb la seva dona i els seus dos fills a Billerbeck, vora Münster.
- Jo Pestum ha estat distingit nombroses vegades per la seva pintura.
- És membre de la Unió d'Escriptors Alemanys.
- La seva creativitat polifacètica abraça des de novel·les policíaques, juvenils i poesia fins a la publicació d'antologies i sèries de divulgació científica.

altamar

per a tu...

A tots els joves lectors i lectores que us agraden les històries d'intriga i el raonament crític, us dedico aquesta narració policíaca. Amb aquesta història voldria estimular-vos a reflexionar lògicament: sobre els mòbils del malfactor, sobre les pors de la víctima i sobre les dificultats de trobar la veritat sota els trucs, els enganys i les dissimulacions. En Luc Lucas no és de cap manera un Superman. Però té la qualitat de coordinar amb lògica i de posar-se en el paper d'altres persones. I sap l'habilitat que arriba a tenir la gent en la seva maldat, quan hom es deixa endur per la cobdícia i l'embriaguesa del poder. Ara espero que vosaltres acompanyeu el detectiu Luc Lucas en la resolució d'aquest enigmàtic cas.

Us desitjo una bona intriga,

Quan un comissari...

...deixa la seva feina a la Policia d'Afers Criminals i se'n va al camp, per dedicar-se a la cria de cavalls, ja és una cosa prou extravagant. Que s'ha d'explicar. I amb això, no podem passar-nos sense un pròleg, tot i que jo trobo que els pròlegs són abominables i absolutament avorrits. Potser vosaltres també els hi trobeu.

Però, abans que comenci la història, us dec una explicació.

De fet, tenia quatre bones raons per acomiadar-me del servei policial, ara fa dos anys. La primera va ser l'herència de la Do. Imagineu-vos-ho: arriba un dia una carta d'un notari, comunicant-nos que hem heretat unes quadres de cavalls d'un besoncle nostre! Unes quadres amb tres dotzenes de cavalls i una quantitat notable de poltres. Doncs això li va passar a la Do. Realment, es diu Doris, i a més és la meva dona.

Les dues raons següents no van ser tan alegres. La bronquitis de la meva filla de deu anys es resistia a desaparèixer. El metge va indicar que l'aire contaminat de la ciutat de Colònia i la boira humida del Rin en tenien la culpa. I a mi em van haver de treure una bala que un pistoler m'havia disparat. En aquells moments em vaig sentir miserable, com un gos de carrer, i fart de tot. Raons suficients per marxar al camp, no ho trobeu?

La quarta raó no us la vull pas amagar. Potser va ser la més decisiva. Quan el meu fill Martin va saber això dels cavalls, va tenir molt clar que havíem de canviar el nostre lloc de residència. Va dir que era una súper-oportunitat. En Martin està ben boig pels animals. I quan un cap quadrat de dotze anys com aquest es posa ferm en una idea... ja us ho podeu imaginar.

Qui es pensi, ara, que la meva vida a la granja havia de discórrer tranquil·la i sense problemes, s'ha ben ficat de peus a la galleda. La Do opina que sempre fico el nas en els assumptes de la gent, quan de fet no és ben bé això. Què hi puc fer, jo, si passen tantes coses enigmàtiques? Tinc com un sisè sentit, i noto fàcilment si alguna cosa fa pudor sospitosa. Ja no descanso, si no puc saber què s'hi amaga. És una habilitat. Per alguna cosa he estat al Departament d'Afers Criminals durant quinze anys. El costum no desapareix així com així, em podeu ben creure.

Però ja n'hi ha prou, de clavar-vos la llauna! Us vull explicar un cas estrany. Un assumpte força pelut. Tothom sap que no hi ha fantasmes, però a vegades oblidem que ho sabem.

Que tingueu una bona intriga. Us ho desitja,

Luc Lucas

Per què menteix la Milady?

VAIG dormir malament. No em podia recordar del que havia somiat, però de segur que havia estat alguna cosa dolenta. La pluja repicava contra els finestrons. En algun lloc s'escridassaven –inquiets– els pardals. No m'havia adonat que la Do s'havia llevat feia estona.

Vaig regalar-me amb una afaitada. Em vaig dutxar amb aigua freda, em vaig refregar per entrar en calor i vaig anar cap a taula per esmorzar. Curiosament, tothom ja havia tocat el dos.

Al meu rellotge eren només dos quarts de vuit. Però no era aquesta l'hora que marcava quan m'havia llevat? Vaja, aquell trasto s'havia aturat. Hi havia una nota al costat de la meva tassa: «Gran dormilega!» Naturalment, era lletra de la Nati.

El panet em va semblar una mica gomós. Sort que m'havien mantingut el cafè calent. Vaig encendre un puret llarg i prim i em vaig enfundar la gavardina. Mira que fer aquest temps tan infernal!

Quan vaig obrir la porta de casa, em va assaltar una densa bafarada d'amoníac, procedent de les quadres dels cavalls. M'agradava aquesta olor. En Titus, el nostre mosso, avançava per la sorra tova del pati arrossegant pel ronsal les dues eugues que calia preparar per a la venda. Encara no m'havia fet a la idea que la funció d'un establiment com aquest és precisament la cria i la venda dels cavalls. Si depengués d'en Martin i la Nati, encara no hauríem venut ni un sol animal.

—Bon dia, Titus! –vaig exclamar–. Maleït temps, eh?

—Bon temps! –va riure ell sota el seu bigoti de morsa–. És bo per a les pastures!

Naturalment, tenia raó. Em faltava molt per aprendre.

—Són ben maques, aquest parell de mosses –vaig dir, tot assenyalant les dues eugues, d'un to vermellós.

—Ja ho pot ben dir! Llàstima que hagin de marxar. Però la cosa va així.

En Titus es va inclinar amb afecte cap a les dues eugues. El seu gest explicava el perquè de la seva profunda amistat amb en Martin.

—On s'ha ficat la Do? –vaig voler saber.

—Se n'ha anat a Gerolstein amb la furgoneta. Vol aclarir no sé què amb l'assessor fiscal. M'ha deixat dit que tornarà cap al migdia. A més, ha de portar les bateries per a les tanques elèctriques.

El meu cigar s'havia apagat amb la pluja. El vaig llençar.

—I la mainada, per on corren?

En Titus va arronsar les espatlles.

—Ara sí que m'ha fotut. Deuen estar ocupats a les pastures dels poltres; ja hi eren abans de sortir el sol.

Típic. Quan hi havia escola, no hi havia manera que es llevessin. Però ara, durant les vacances de Setmana Santa, fins i tot en plena nit ja feien ensorrar mig món.

—Vol muntar una estona, Luc?

Les dues eugues es van inquietar, i en Titus va necessitar tota la seva força per aguantar-les.

—Sí, potser una mitja horeta.

—Seria millor que agafés l'Alouette. Li convé urgentment una mica d'exercici.

Vaig assentir. En Titus va continuar avall amb els animals. Sota el porxo del graner, en Paps Zuckermann estava descarregant bales de palla del camió. De fet, era massa fatigós per a ell. Però qualsevol li ho deia! De segur que m'hauria fet una cara nova, si li ho hagués comentat.

L'Alouette, mentre l'ensellava, em va prendre el barret, com sempre, amb el seu destre morro. Semblava que aquest joc li agradava força, i algun cop em feia sospitar que sabia riure maliciosament.

L'Alouette estava prenyada. Tots esperàvem amb neguit si el seu nou poltre seria tan bonic com els altres tres que ja tenia.

Primer la vaig deixar anar al pas, però quan vam arribar al final del camí dels castanyers i vam desembocar a les pastures, l'Alouette es va posar per si mateixa a un trot lleuger. La pluja havia enfosquit ja el seu pelatge rogenc.

La meva intenció era aturar-me arran del bosc, però de sobte vaig veure dos puntets foscos, que saltaven pel paisatge, i que només podien ser en Martin i la Nati. Hi vaig dirigir l'animal. La Nati, de lluny, va saludar excitada amb el braç. També va cridar-me alguna cosa que no vaig poder entendre a causa del vent.

Va ser en Martin qui va comunicar-me tan transcendent notícia:

—Hem vist la Milady en camisa de dormir!

—Imagina't! –va remarcar la Nati, mentre retirava els seus capriciosos cabells sota la caputxa de l'anorak.

—Quina Milady? –jo no entenia res.

—La senyora Zetschke!

Vaig preguntar a en Martin si tindria la bondat d'explicar-me per què de cop i volta la senyora Zetschke tenia el títol de Lady. I em va explicar amb un cert to de superioritat que això venia del fet que la senyora Zetschke es comportava sempre com una d'aquelles típiques dames angleses.

—Al nostre llibre d'anglès hi surt un retrat ben igual que la senyora Zetschke. Ho captes?

—Suposo que cal reconèixer-ho –vaig concedir.

La Nati es va agitar, impacient.

—Sí, i imagina't! La senyora Zetschke en camisa de dormir! Bufff. L'efecte que feia...!

—I quan ens ha vist –va dir en Martin–, ostres!, s'ha ficat com un llamp cap a dins i ha tancat la porta d'una revolada.

—Què? Era a fora, amb aquesta pluja i en camisa de dormir? Em voleu enredar. El Dia dels Innocents ja ha passat.

Vaig voler continuar cavalcant, però en Martin va aguantar l'Alouette ben fort per la brida.

—Ha enterrat alguna cosa al jardí. Tenia una aixada. Ho hem vist bé. I després ha llançat l'aixada i ha corregut cap a casa. Però ja havia tornat a tapar el clot!

—M'agradaria saber què diantre havia d'enterrar la Milady amb aquest temps i en camisa de dormir –va dir la Nati, mentre es donava copets al nas amb el puny.

—Nati, para ja! –vaig riure–. Aconseguiràs tenir un nas de boxador. I pel que fa a la senyora Zetschke, no feu córrer la brama que l'heu vista en camisa de dormir. Potser repapieja.

—Però el que ha enterrat...

—...És ben bé un problema seu –vaig interrompre–. Què hi fèieu, per cert, a la casa de la senyora Zetschke?

—Ah, res –va dir en Martin–. Només estàvem passejant una mica. Com que heu de vendre les eugues roges, no volíem estar per allà quan se les enduguessin.

—Només penseu en els diners! –va queixar-se la Nati, i em va llançar una mirada verinosa. Però jo sabia que, realment, no ho volia dir.

—Els cavalls ja són fora –vaig dir–. Vinga, correu cap a casa i poseu-vos roba seca. Amb tot això estareu al llit amb grip, quan torni a començar l'escola.

—Oh, ja tornes a donar consells genials! –En Martin em va mirar amb cara avinagrada. Sens dubte, la paraula «escola» li havia canviat l'humor.

—Fins després! –vaig exclamar, mentre deixava l'Alouette amb les regnes lliures. Va bufar, es va posar en marxa i de seguida anava a galop tirat.

Era prou estrany, que una vella dama estigués de bon matí sota la pluja fent anar una aixada. I justament en camisa de dormir! A mi no m'importa en absolut –anava dient-me–, però sabia prou bé que la meva curiositat no es deixaria dominar tan fàcilment. Només coneixia la senyora Zetschke superficialment. Devia tenir uns seixanta anys, era –deien– vídua d'un capità i habitava en una bonica caseta amb un jardí immens, a l'extrem est del nostre poblet. Els nois tenien raó: l'apel·latiu de Milady s'esqueia perfectament amb el seu caminar solemne i ocellesc. I havia de sortir justament en roba de llit a voltar pel jardí?

Em vaig sorprendre una mica quan l'Alouette es va aturar en una tanca, de l'altura del pit, fent-me sortir de les meves cavil·lacions. Es tractava de la tanca del jardí de la senyora Zetschke. No era una casualitat. Probablement jo havia escollit instintivament aquest camí.

I tampoc no era cap casualitat que la senyora Zetschke fos al jardí i m'estigués observant. Fa molt de temps que he deixat de creure en les casualitats.

Quan la senyora Zetschke es va adonar que me la mirava, em va fer un senyal i va posar-se, un moment més tard, sota l'arc de l'entrada a la casa.

—Ei, aquest cavaller tan tibat! Vigili que aquest cavallot d'escorxador no rosegui les meves roses de paret!

—Tranquil·la, senyora Zetschke. L'Alouette és una noia extraordinàriament ben educada. Com va, tot?

—Com vol que vagi, amb aquest temps insuportable!

—Però és bo per a les pastures –vaig fer, parodiant en Titus.

Ella va riure, i va ser bonic. Se la veia agradable. Cabell platejat, recollit amunt com una coroneta, un vestit amb coll arrissat, un collaret de perles amb quatre voltes... Tanmateix, em vaig adonar que tenia por. Entortolligava les mans sense parar. I els peus, no els podia mantenir quiets.

Ja hi som, vaig pensar. Sap que els nois l'han vista i que m'ho han explicat. Què farà, ara? M'ho explicarà ella mateixa?

—Per als ocells, en canvi, ha de ser un temps bastant penós.

—I doncs?

—Sí, figuri's: quan he obert la porta aquest matí, per mirar quin temps feia, hi havia una merla morta a terra. Aquí, just aquí. De segur que la culpa ha estat d'aquest temporal de pluja. Els ocells perden l'orientació i xoquen amb les parets de les cases. Que trist, oi? He agafat una aixada de seguida i he enterrat la merla. Allà davant, vora el rododèndron. Un colom de color gris perla. Una gran llàstima, tan bonic com era.

Va deixar anar una rialleta.

—Jo encara portava el meu vestit de dormir. I llavors... han vingut, per desgràcia, un parell de menuts allà, a la tanca...

—No s'hauran pas tornat cecs, per això, senyora Zetschke!

—Però m'ha sabut greu. En fi, ja ens veurem, senyor Lucas. Tinc una cosa al fogó. Records a casa seva!

—Gràcies! –vaig fer, i vaig girar el cavall.

—Que tingui un bon dia! Tot i aquest mal temps.

Més tard, mentre avançava seguint el límit del bosc, vaig tornar a pensar en la història aquesta de l'ocell. ¿No havia parlat d'una merla i després d'un colom, la senyora Zetschke? O és que no m'havia dit la veritat? I per què estava tan espantada?

Quan vaig arribar al nostre pati, estava convençut del tot que la Milady m'havia mentit.

La pregunta era només «per què?».

2

El secret del jardí

—TROS d'espàrrec! –li va etzibar la Nati.

—Cara de mantega! –li va respondre en Martin, inflant les galtes.

—Ets un miserable gallina! Si no fossis un covard... –ell es va posar les mans a la butxaca i va intentar xiular entre les dents, però no li va sortir bé.

—Doncs m'ho puc fer tot sol, ja ho saps, que sí.

—No et facis el savi! –la Nati no es rendia–. Si tu pots fer-ho, jo també.

Vaig cometre un error, en intentar que aquests dos galls de baralla arribessin a un alto el foc. En aquell moment no ho podia saber. Probablement hauria estat millor, quan vaig entrar al menjador, haver-los deixat dir un parell de frases més.

En tot cas, en Martin i la Nati van quedar de sobte més callats que una ostra, quan em van veure. Això m'hauria d'haver cridat l'atenció.

Per menjar teníem mandonguilles de Königsberg. Jo devia fer una cara ben ximple, ja que en comptes d'estar per les boletes de carn, tenia el pensament en la senyora Zetschke i el seu grandiós jardí. Fins que la Do va deixar la forquilla i em va estirar els cabells.

—Eh, què passa?

—És que no m'escoltes gens, Luc! T'explico el que m'ha dit l'assessor fiscal, i tu mires per la finestra. És que no t'interessa gens?

—Sí, sí, és clar –vaig deixar anar ràpidament, mentre agafava el got de cervesa.

Però la Do m'havia clissat.

—Hi ha alguna cosa allà als arbustos. No cal que dissimulis. Ja has tornat a ficar el nas en coses que no t'importen? Em vas prometre l'últim cop que...

—Escolta –vaig dir–, jo no he promès absolutament res. I a més, veus fantasmes. Només estava pensant que caldria obrir noves fosses als prats vora el bosc. Si no, quedaran empantanats.

No va resultar. La Do va riure amb intenció. Encara bo que no m'ho va recriminar. Segurament fa molt temps va decidir que jo era un cas perdut: si em posava una cosa al cap, no m'ho podia treure ningú.

La Nati i en Martin es van intercanviar mirades plenes de secret. Es van dedicar als seus plats i no van dir ni una paraula.

—Dels cavalls, en Titus i la seva gent ja se'n cuiden –vaig dir–, i de la paperassa burocràtica, te'n surts millor tu que no pas jo.

—I això vol dir, clar i net, que no podrem comptar amb la teva ajuda durant els pròxims dies. Tinc raó o no? –la Do em va mirar.

—A veure amb què més sortiràs, ara! –Em vaig inclinar sobre el meu plat i vaig començar a menjar de pressa. Havia parat de ploure. Sobre el bosquet d'avets, pujava la boira per l'horitzó.

A la tarda vaig anar amb el veterinari a veure les quadres. Venia cada dos mesos, per visitar els cavalls. Aquell dia va acabar molt aviat la feina. Segons que semblava, no va trobar res de particular en l'estat dels animals.

—La Sul·la segurament parirà abans que l'Alouette –va indicar el Dr. Kessler–. Podria ser que tingués bessonada.

—De veritat?

El Dr. Kessler va assentir.

—Però no en digui res als nens, encara. Que no s'entusiasmessin massa aviat.

El veterinari es va encasquetar el seu barret de feltre i es va posar bé les ulleres. Des que vaig conèixer el Dr. Kessler, sempre li havia vist les ulleres caigudes sobre el nas. Va recollir el seu gastat maletí de metge.

—Podem marxar?

Li vaig aguantar la porta del cotxe –el Jonathan–, la cosa més primitiva entre tots els Porsche, amb una carrosseria que s'aguantava només per la pintura, segons l'opinió d'en Martin. El Dr. Kessler tenia una rara particularitat. Tot i posseir un vell i còmode BMW, es feia anar a buscar i tornar a portar a casa pels seus clients.

Pel camí no vam dir res. El veterinari xuclava la seva pipa, i jo vaig tirar d'un dels meus cigars prims. El Jonathan rebufava com una caldera a vapor. Encara no m'havia deixat mai penjat, i de moment em fiava d'aquella vella cafetera.

Zettelhausen és un poblet molt petit. Vaig voler tirar pel carrer dels Bedolls, però el veterinari va agafarme el volant. Vaig frenar tan de cop que el cotxe va xerricar.

—No em dugui a casa –va dir el Dr. Kessler–. He de passar a veure la senyora Zetschke. En els últims dies fa una impressió força estranya, la pobra.

Així que el Dr. Kessler també ho havia notat!

—Com vulgui –vaig dir, i vaig fer marxa enrera.

El Dr. Kessler també tractava les petites molèsties de la gent del poble. Sí, era veterinari i prou, però com que no hi havia cap més doctor al poble i el camí a Gerolstein era una bona tirada, molts consideraven que el que havia de ser bo per a les bèsties havia de funcionar també amb les persones. El Dr. Kessler s'ho prenia amb humor.

Vam arribar de seguida a casa de la senyora Zetschke. Al jardí, els tords es barallaven per un cuc que havia sortit amb la pluja.

—Vaja! –el Dr. Kessler va aixecar les celles.

Jo ja m'havia adonat del Mercedes color crema aparcat davant de la casa.

—Sembla que ja té una visita. Vol que entrem, tanmateix?

—Naturalment! –va dir enèrgicament el Dr. Kessler. Però em va fer l'efecte que això no li feia gràcia. Qui podia haver anat a ca la senyora Zetschke? El cotxe portava matrícula de Colònia.

—No rep mai visites –digué el veterinari, i va rondinar–: Vostè conduiria un cotxe com aquest, Lucas? T'hi asseus i toques amb el darrera a terra. No hi ha res més incòmode.

Abans que pogués dir res, el Dr. Kessler va decidir-se i es va dirigir cap a la porta de la casa.

Com si hagués estat fet expressament! En aquell mateix instant va sortir de la casa un home prim, vestit amb una gavardina blanca. Portava un maletí negre per a documents i avançava amb pas ràpid pel camí del jardí cap al Mercedes. Vaig poder veure que mirava amb curiositat el veterinari, quan els dos homes es van trobar al pas de la porta. L'home prim es va treure el barret. El Dr. Kessler només va tocar l'ala del seu.

Un moment més tard, el Mercedes va sortir ràpidament en direcció a l'est. Vaig esperar fins que el Dr. Kessler va desaparèixer dins la casa, i vaig agafar el cotxe per tornar a la granja. Vaig aparcar el vell Jonathan a l'entrada de les quadres, perquè no volia despertar tothom amb el soroll del motor.

Més tard, vaig ajudar la Do amb la liquidació dels farratges per a la facturació del mes d'abril. Però tenia el cap en altres pensaments i m'equivocava sovint en els comptes. La Do no digué res.

Va ser ben estrany, que en Martin i la Nati anessin al llit sense protestar, quan la Do els va dir, havent sopat, que a la televisió no hi feien res assenyat, i que ja era prou tard.

—Podeu llegir una mica, a dalt –els va dir.

—Fantàstic! –exclamà en Martin, amb inusitada animació, tot enduent-se amb ell la Nati.

—Però renteu-vos com cal!

—És clar!

Això no en tenia res, de clar. Més aviat calia discutir perquè ho fessin. Bé. La Do va començar a badallar. Havia tingut un dia carregós. A poc a poc es va anar fent el silenci a la casa.

La lluna, que semblava flotar entre els núvols en moviment, era prima com un caramel de menta a mig llepar. Vaig tancar amb cura la porta de casa i vaig avançar per la sorra del pati. Des de les quadres se sentia de tant en tant el lleuger refrec dels animals. A part de la remor del vent, no hi havia res més a escoltar.

Em vaig posar bé l'abric sobre les espatlles.

Dos, tres minuts més tard, havia arribat on era el Jonathan. Vaig desitjar amb força que ningú no es despertés amb el soroll del motor en engegar-lo.

La foscor, intensa, s'estenia entre els castanyers. En arribar a la carretera, el rellotge de l'església de Zettelhausen va tocar roncament onze campanades. La carretera estava buida. Els escassos llums del poble brillaven com ulls de mussol. En algun lloc bordava llastimosament un gos.

Vaig deixar el Jonathan vora uns arbustos, rera el cartell indicador del poble. Aleshores vaig emprendre una marxa fangosa pels camps del límit nord del poble. Ja al cap de pocs passos vaig notar la fredor i la humitat fins als genolls.

Davant de ca la senyora Zetschke, el vent gronxava un llum que deixava anar una claror esmorteïda. El gran jardí estava embolcallat per una profunda tenebra.

Vaig saltar amb compte la tanca. Llavors em vaig precipitar cap als joves bedolls, que m'havien de servir d'amagatall.

De sobte vaig sentir un soroll somort.

Em vaig ajupir i vaig esforçar-me a mirar. Allà! Altre cop! Com si hi haguessin llençat un pilot de terra. I aleshores se sentiren unes veus xiuxiuejant. Vaig aguantar la respiració i em vaig arrossegar a poc a poc cap allà. Sense cap dubte, davant dels arbustos del rododèndron, hi havia alguna cosa. L'escassa llum de la lluna il·luminava vagament dues figures que estaven remenant pel terra. Unes figures curiosament petites.

Llavors, mentre avançava, tot va succeir molt ràpidament. Un crit agut va travessar la nit, i ja no hi va haver cap dubte. Era la veu de la Nati:

—No! Auxili!

Vaig saltar i vaig córrer rera els nois. La Nati cridava com si la rostissin. Allargant el braç cap a les petites figures tremolenques, vaig enxampar en Martin a l'últim moment. Va caure d'esquena sobre els munts de terra. La seva petita llanterna va brillar en la fredor. Em va semblar com si el cor em fallés dos batecs seguits.

Allà hi havia un cap!

—Papà! –va somicar la Nati, tot enfonsant la cara tremolosa en el meu abric–. Allà... allà hi ha... una cosa espantosa...

—Estic amb tu, Nati! –vaig mormolar tot abraçant la noia, que gemegava i tremolava. En Martin deixava anar expressions confuses. Li vaig prendre la llanterna de la mà.

Sí, era un cap. Un cap de persona. Però un cap artificial, dels que fan servir a les botigues per posar als aparadors, o com els dels maniquins de roba: molt autèntic, però inanimat, i amb cabells artificials.

—Allà! –va cridar en Martin. Va assenyalar el crani a terra; algú l'havia pintat d'un horrorós color vermell sang.

—Hi ha... hi ha un cap!

—No és pas de veritat! –li vaig fer veure–. Només ho sembla. És de plàstic, aquest cap. D'acord?

—Però per què...

«Per què». Altre cop la mateixa pregunta. Per què hi havia aquest cap al terra? Per què algú havia de pintar un crani artificial de manera tan horripilant?

—Vull tornar a casa! –plorava la Nati.

De sobte es va encendre un llum a casa de la senyora Zetschke. Em vaig ajupir, vaig engrapar pels cabells aquell cap tan estrambòtic i vaig aixecar–lo de terra. Amb l'altra mà vaig estirar els nois fora del clot.

—Vinga, cap a la tanca!

La Nati es va clavar a mi.

—Tinc tanta por!

—Estic amb tu. No n'has de tenir gens, de por. Només és que algú s'ho ha volgut passar bé fent el ximple. De veritat, Nati...

En Martin es mantenia agafat al meu abric. Vaig poder sentir que dissimulava els sanglots. Mentre, notava aquell crani a la meva mà, terriblement humit.

Vaig sentir la senyora Zetschke cridar:

—Ei? Qui hi ha per aquí? Cridaré la policia! Ja sé que hi ha algú. Ja el veig!

I aleshores va posar-se a demanar auxili amb veu histèrica.

Feia estona que jo havia apagat la llanterna. Vam arribar a la tanca. En Martin sanglotava. La Nati plorava. I jo, ho reconec, tenia una molesta sensació a la boca de l'estómac. Què diantre era tot aquell espectacle fantasmagòric? La senyora Zetschke cridava com si la matessin. Em sabia greu, és clar, però en aquell moment no me'n podia pas ocupar. Primer havia de procurar calmar els nois.

Vaig aixecar la Nati per sobre la tanca. En Martin no es volia deixar ajudar. Va aconseguir-ho tot sol després de dos intents.

—Només volíem descobrir el que la Milady havia enterrat! –va dir en Martin amb veu forta, per dissimular la por que tenia.

La Nati continuava plorant.

—Nosaltres no podíem pas saber que... que...

—Vinga, ja està... –Havíem arribat al cotxe. Vaig obrir i vaig deixar que els nois pugessin.

—Per cert, com us ho heu manegat per sortir de casa?

—Per la finestra –va dir en Martin–. Hem saltat per la finestra.

Ho va dir tan compungit, que vaig haver de riure una mica, malgrat tot. Probablement va ser aquesta rialla el que va calmar els nois. La Nati va parar de plorar, i en Martin va poder parlar sense petar de dents.

—Què significa tot això? –va preguntar en Martin.

—Encara no ho sé –vaig respondre, mentre fregava el cap del maniquí amb el drap que utilitzava per netejar els vidres–. Ara només importa que la Do no s'assabenti de la vostra escapada. Podreu estar callats?

—És clar –va dir en Martin, que va donar a la seva veu un to solemne i profund. Però no li va servir per dissimular del tot la por.

—I tu?

—No xerraré res –va dir la Nati, amb valentia.

El Jonathan roncava mandrosament. En la distància, encara se sentia la senyora Zetschke demanant ajuda. Al poble es van encendre alguns llums més.

Sí, li calia ajuda. I jo estava ben decidit a ajudar-la. Algú estava jugant a algun joc brut. Però jo hi volia participar, això estava clar. Quan vaig pitjar l'accelerador, el crani artificial féu remor en rodolar pel terra del cotxe.

—Estic cansada –va dir la Nati amb veu insegura.

Fantasma amb petits defectes

—ELS nens encara dormen! –es va estranyar la Do. Estàvem asseguts per esmorzar. Vaig mormolar alguna cosa i em vaig camuflar rera el diari.

Aleshores va sonar el telèfon.

La Do va aixecar-se de cop i va córrer cap al despatx. Amb els seus texans, vista de darrera semblava una joveneta. Encara ara no em puc ficar al cap com és que als matins està tan fresca i de bon humor, mentre que jo, de sempre, em llevo desagradós i lluitant amb la son.

—Per a tu! –va indicar-me la Do–. La senyora Zetschke vol parlar amb tu.

Ahà, la cosa s'encarrilava!

La Do em va mirar intrigada, quan vaig agafar l'auricular amb un somriure irònic i vaig dir el meu nom.

—El doctor em va dir que li truqués, Sr. Lucas.

—Bé, bé –vaig esperar a veure per on sortiria.

—Sí, el fet és que... sap... és que no és gens fàcil d'explicar. La cosa és que...

—Sí?

—No sé pas com ho he de dir. Però... però passen coses tan estranyes, i el Dr. Kessler em va indicar que potser amb vostè per aquí... –va interrompre's.

—Senyora Zetschke –vaig dir–, això no té cap sentit, si vostè no em parla obertament.

—És que... em resulta tan difícil. Però, si pogués venir per aquí a donar un cop d'ull...

—M'ho explicarà tot, aleshores?

—Sí, ja ho crec. Cal temps, per parlar d'això. Em fa una mica de vergonya, però...

—Vinc ara mateix, senyora Zetschke.

—Gràcies –va dir, i va penjar. Vaig notar que ho deia amb un gran alleujament.

La Do em va mirar una mica intranquil·la, quan vaig tornar a taula a esmorzar, però no va preguntar res. Ho sabia de temps: quan jo volia implicar-la en alguna cosa, ho feia d'entrada. Els nois encara dormien. Després de l'excitació de la nit passada, això no tenia res d'extraordinari.

Deu minuts més tard, vaig aparcar el Jonathan davant del gran jardí de la senyora Zetschke. Ella estava entre els arbustos de baies traient les males herbes, tot i que vaig tenir la impressió que havia estat buscant alguna excusa per observar-me. Les flors de pasqua i les tulipes competien per destacar-se. De les mates de forsíties es desprenia una aroma dolcenca.

—El seu jardí és realment una meravella, senyora Zetschke!

—Oh, sí –va assentir, i es va treure el seu davantal blau de jardineria–. El jardí és la meva vida. A part d'això no tinc res més.

—Vaja, és una llàstima –vaig apuntar.

—Ja té raó, ja, senyor Lucas –el seu riure es va tornar més amarg–. I d'això li volia parlar. Això no rutlla. Sisplau, vingui a dins.

Entre les mates de pensaments multicolors brunzien les abelles. El que podien aconseguir uns quants raigs de sol!

Era el primer cop que estava a la casa de la senyora Zetschke. La gairebé fabulosa màgia d'aquella casa tan confortable em va captivar immediatament. Vaig entendre per què la Milady es mantenia dins del seu petit regne. Un delicat mobiliari amb cantoneres entallades i fines figures de porcellana. Retrats en miniatura de l'època de la seva joventut ordenats amb gust sobre un cobretaula rosa. A la finestra, rera unes denses cortines, una gàbia d'ocells, amb la porteta oberta. Els seus dos habitants, dos canaris de color ataronjat, vaig descobrir-los al cantell d'un llum molt abarrocat.

—Li preparo un cafè? –va preguntar-me la senyora Zetschke.

—Gràcies, no. Acabo d'esmorzar fa un moment.

—¿No voldria pas, tot i l'hora que és, prendre un petit licoret amb mi?

Va deixar anar una rialleta.

—Doncs, sí –vaig dir, una mica sorprès–, ja el suportaré.

La Milady va agafar una ampolla panxuda d'un aparador i dos vasets per a conyac, i va servir-me'n un. La seva mà tremolava.

—Estic embruixada –va dir amb calma la senyora Zetschke–. Ja sé que sona terriblement estúpid. –Em va mirar amb els seus petits ulls d'ocell.

—I jo que em pensava que això de les bruixes horribles, els esquelets amb llençols blancs i totes aquestes històries només passaven a la televisió.

—Que es riu de mi, senyor Lucas? Aquesta mateixa nit, unes misterioses figures s'han passejat pel jardí. –La seva veu es va fer un punt més aspra–. Potser ha estat un error, que l'hagi fet venir.

—Salut –vaig fer, mentre prenia un glopet del meu vas.

Mentrestant, desitjava que aquella nit no n'hagués reconegut cap, de nosaltres. Vaig preguntar:

—¿Li he dit que no me la cregués, senyora Zetschke? Només volia recordar-li que no hi ha fantasmes. Això és tot.

Va fer-me callar amb un gest de la mà.

—És clar que no hi ha fantasmes! Que em pren per ximple?

Ximple! Què havia dit? Gairebé em vaig empassar el meu conyac. No, ximple no ho era pas gens, la Milady.

—Potser serà millor que m'ho expliqui tot des del principi –vaig deixar anar.

La senyora va assentir. Es va recolzar al cantell d'una butaca petita de pelfa i se'm va quedar mirant.

—Algú em vol fer agafar por –va dir.

—Sap de qui es tracta?

—No en tinc ni idea.

—Té enemics? Hi ha gent amb qui està enfrontada?

—De cap manera!

Va expressar-ho amb total decisió. Jo no em podia imaginar, ni esforçant-m'hi, que la senyora Zetschke pogués estar mal disposada envers ningú. No, no pas la Milady. O potser és que hi havia alguna cosa que tenia relació amb el seu marit difunt? Perquè, què en sabia jo, d'aquell home, que semblava que havia estat capità? Vaig fer el més indicat: preguntar-li-ho.

Durant un llarg moment es va fer el silenci a la saleta. Només es podia sentir el tic-tac rítmic del rellotge platejat de paret.

—El meu marit va ser timoner. Però mai no va anar al mar. Sempre va viatjar pel Rin. La ruta de Rotterdam, ho entén? Estalviava per tenir vaixell propi, però va perdre la vida en un accident de trànsit. Un mariner que mor en un accident de cotxe. No és horrible? Vaig assabentar-me, aleshores, que es posava a la venda aquesta casa amb el gran jardí. Sempre havia estat el meu somni, un jardí així. I en Harald, el meu marit, havia fet estalvis per al seu vaixell. Amb aquells diners vaig adquirir aquesta casa. No, no, amb el meu home, tot aquest assumpte no hi té res a veure. Déu meu, és espantós!

Li vaig preguntar quan havia mort el seu marit. Va ensenyar-me una fotografia emmarcada que mostrava un home mig calb i d'ulls alegres. Aquell retrat es va fer dotze anys abans, em va explicar la Milady, i un any més tard Harald Zetschke va morir.

—No serà que alguns nois del poble li volen fer alguna entremaliadura?

Va negar amb el cap.

—No he fet res a ningú. Tots són molt amables amb mi, els joves. No, no tinc cap enemic aquí al poble, i m'hi trobo molt bé, a més. Això encara ho fa pitjor.

—I doncs? –jo no ho entenia.

—Perquè, si no fos així, me n'aniria, senzillament, i s'acabaria aquesta por d'una vegada. Però no me'n vull anar. Vull quedar-me aquí.

Ho va dir amb tossuderia. La Milady no es deixava dominar tan fàcilment.

—I si només es tractés d'una broma, en realitat? –vaig inquirir.

—Una broma? Aquesta sí que és bona. No, això no té res a veure amb cap broma!

S'havia incorporat i es movia excitada per la cambra.

—A vostè què li semblaria si algú li estigués trucant tota la nit i amenaçant-lo que li destrossarà tot el jardí, eh? –La seva veu va pujar una mica el to–. Justament el jardí, es vol carregar. Sense donar cap raó. Només això i prou.

—La veu –vaig preguntar–, no la pot reconèixer?

La senyora Zetschke ho va negar amb el cap.

—Era una veu desfigurada. Sonava com de falset. I hi ha una altra cosa que vaig notar.

—Què?

—Que es tractava d'una conferència. Se sentien altres veus més fluixes de fons. Una barreja de veus com quan es fa una trucada a llarga distància, sap?

Interiorment, em vaig treure el barret davant la seva perspicàcia.

—Quan va passar, això? –vaig voler saber.

—Va començar fa una setmana. El dimecres. I la nit següent va tornar a ser la mateixa veu. Cinc, sis vegades. Era clarament una veu d'home. Volia saber si jo tenia por de morir. I sempre reia de manera. horrible, abans de penjar. No li vaig tornar contesta. La tercera nit va tornar a trucar, però no vaig agafar el telèfon. He posat una funda de cafetera sobre l'aparell, perquè no faci tant de soroll.

—Això ha estat assenyat.

—Assenyat? –estava a punt de plorar–. Després, ha vingut en persona, aquest home. L'he sentit voltar per fora i ha trucat als porticons de la finestra. I ha tornat a riure d'aquella manera. Aquest matí he trobat una carta. La deu haver passat per sota la porta.

—Ensenyi'm la carta, senyora Zetschke!

—Ja no la tinc. L'he estripada i l'he llençada al vàter. Hi havia unes paraules tan espantoses...

—Llàstima –vaig dir. Naturalment, ho podia entendre. Per altra banda, aquest paperot hauria estat una primera indicació, una primera prova.

Una primera prova? No, però si ja n'hi havia una: el cap.

La Milady va mirar-se les ungles, i va començar a parlar del crani. Jo ho havia estat esperant. I em podia imaginar com aquella cosa tan inquietant la devia haver espantada.

—Ahir li vaig dir una mentida –va mormolar la senyora Zetschke, amb veu baixa i sense mirar-me.

—No va topar cap ocell contra la meva casa. Hi havia una altra cosa a terra, davant de la porta –ara sí que plorava. Va treure's un mocador de la màniga i el va prémer contra el nas. Em vaig esperar. Sovint és bo, plorar. El tic–tac del rellotge m'estava posant una mica nerviós.

Un dels canaris va deixar caure alguna cosa sobre la catifa.

—Hi havia un cap –va mussitar la senyora Zetschke–. Gairebé se'm va parar el cor.

—Quina mena de cap? –vaig preguntar, fent-me l'espantat.

—Primer em vaig pensar que era un cap humà, autèntic, d'algú a qui havien decapitat. Tot ple de sang. Després em vaig adonar que la sang era pintura i que era un... un cap artificial.

—És una vilesa prou efectiva, si es tracta d'espantar algú –vaig remarcar.

—Si almenys sabés per què m'ho fan –va sospirar–. He enterrat aquesta horrible cosa al jardí. Però avui a la nit, han vingut i l'han desenterrat.

—Què? –vaig adoptar un posat absolutament estúpid per seguir dins el meu paper d'hipòcrita. Vaig buidar el got d'un glop perquè no notés la meva confusió.

—Els he vist. I els he cridat, però han marxat corrents. Eren quatre.

Quatre? Curiós. De cop, em vaig sentir en guàrdia. Li vaig preguntar si realment ho havia vist tot.

—Sí –respongué–. Primer, tres han arrencat a córrer. I després n'ha sortit un altre dels arbustos i també ha marxat corrents. Però en direcció contrària.

El pensament que en Martin i la Nati potser havien estat en un perill greu em va fer posar la pell de gallina.

—A qui més ha explicat fins ara que algú l'està volent espantar?

—Al senyor Clementy –va contestar–. És un advocat de Colònia. El conec des de fa temps. Des de la mort del meu marit. Va estar ahir aquí per un assumpte financer. Li vaig haver de signar un parell de documents.

Decididament, aquest era l'home que jo havia vist quan vaig dur el doctor a casa de la Milady.

—I què li va aconsellar? –vaig sol·licitar de la senyora Zetschke.

—El senyor Clementy m'ha aconsellat que me'n vagi d'aquí, si tinc por d'aquestes aparicions nocturnes.

—I qui més? A qui més ho ha comentat?

—Al doctor, naturalment. M'ha aconsellat que li demanés ajuda, senyor Lucas.

Ben estrany, vaig pensar, que ningú no li hagi aconsellat el que seria més normal. Avisar la policia.

—No parli amb ningú més sobre aquest assumpte –li vaig demanar.

—És clar que no. Em fa vergonya. Però vostè tampoc no ho ha de dir a ningú, senyor Lucas. Tinc la seva paraula?

Vaig fer que sí, tot i que em va costar fer aquella expressió de confidencialitat. Per a mi, tot allò era un enigma dels grossos. Vaig convidar la Milady a passar un parell de dies a la nostra granja, però mogué el cap negativament.

Els canaris van començar de sobte a competir entre ells a refilets. La Milady endreçà el mocador i rigué, més confortada.

Aleshores em va dur al jardí i em va ensenyar el clot, allà a les mates de rododèndron que jo ja coneixia.

—El quart –vaig preguntar–, on era? Em podria ensenyar el lloc?

La Milady es posà davant d'un grup de gramínies, que es balancejaven al vent.

—Aquí darrera, s'estava.

De sobte vaig fer un descobriment important. Bé, de fet van ser dos descobriments. A la terra tova del jardí es veien, clares, unes marques de peus, i una de les petjades estava particularment ben enfonsada. Era la petjada d'una sola de goma força gruixuda, com la que produeixen les botes d'aigua. Sí, i a més hi havia les puntes de cigarreta. Més d'una dotzena. Devien ser-hi des de la nit passada, ja que el dia abans havia plogut molt però les puntes no estaven gens mullades. Puntes de cigarretes sense filtre. Tot plegat feia concloure que el desconegut s'havia estat a l'aguait aquí durant força estona.

—El nostre fantasma sembla que presenta particularitats inhabituals, a part de la seva malignitat –vaig dir–. No ho sabia pas que també hi havia fumadors empedreïts entre els fantasmes. –Vaig obrir una bossa de paper i hi vaig recollir totes les restes de cigarreta.

La Milady era allà sense dir res. Respirava de manera ostensiblement irregular.

—Procuri, sisplau, no fer malbé aquestes petjades –vaig advertir-li–. En faré una còpia en guix.

Va assentir, sol·lícita.

—Tornarà, doncs?

—Naturalment. Només vaig a cercar algunes coses que em calen, i torno tot seguit.

—Molt bé. Jo...

En aquell moment va sonar el telèfon, des de dins la casa. Vaig adonar-me de la cara aterrida de la Milady. Les seves mans es retorçaven.

—Ja hi vaig jo! –vaig exclamar, mentre em llançava cap a la casa.

—Aquí, ca la senyora Zetschke –vaig informar.

—Vostè qui és? –va preguntar una veu sens dubte estrafeta–. Em sembla que he marcat malament. Dispensi.

—Aquí és a Cal Pare Noel! –vaig xisclar a l'aparell–. És clar que ha marcat bé!

Clic!, es va sentir. La connexió s'havia tallat.

A poc a poc vaig deixar l'auricular al seu lloc. Ara jo ja estava ficat en el joc. Qui era l'adversari?

—Un que s'havia equivocat –vaig explicar, ja de tornada al jardí. Vaig poder veure en els seus ulls que la Milady no em creia.

Mentre tornava, més tard, cap a la granja, vaig poder observar la Nati sobrevivint a una espectacular caiguda des del llom de la Liesel. Naturalment, la Nati ja havia tornat a provar números de circ.

—T'has fet mal? –vaig demanar.

—Bah! Jo sempre baixo així del cavall! –bufà ofesa.

Des de la tanca, en Martin reia amb ironia.

4

Tretze minuts després de mitjanit

DE tant en tant, es podia veure la lluna, difuminada, passar entre els núvols en moviment. Un parell d'estels esparsos titil·laven al seu darrera. Eren poc més de les deu de la nit.

Esperar és una de les feines bàsiques d'un detectiu. El que no sap tenir paciència, el que es posa nerviós amb les decepcions i els intents infructuosos, no serveix per a aquest ofici.

Jo no sabia si el que havia preparat per aquell vespre prometia una mica d'èxit. Però l'estrany fantasma de la nit anterior s'havia estat esperant inútilment entre els arbustos, fumant cigarretes. ¿No podria ser que, en haver estat destorbat en els seus tenebrosos plans gràcies a en Martin, la Nati i jo, volgués tornar aquesta nit? Podria i no podria ser. Fos com fos, jo estava esperant, a l'aguait, sota els lilàs de la senyora Zetschke.

Li havia demanat que se n'anés aviat a dormir i que apagués tots els llums de la casa. Potser la meva presència havia tranquil·litzat la Milady, que almenys en aquella ocasió podria dormir sense por. Ben a prop meu m'havia instal·lat una càmera amb flaix, muntada sobre un trípode. Me'n volia assegurar. Si no aconseguia enxampar aquell hoste tan peculiar, almenys podria fixar-lo en pel·lícula. En tot cas, jo estava disposat a posar fi ràpidament a aquestes malvades aparicions, perquè no podia suportar que s'ataqués gent indefensa. I la senyora Zetschke ho era, d'indefensa.

Dues preguntes em tenien preocupat constantment. ¿Aquell tipus s'atreviria a tornar després del fracàs de la nit anterior? I ¿quin sentit tenia tota aquella moguda?

Vaig donar un cop d'ull a l'esfera lluminosa del meu rellotge. Gairebé les onze. Al poble, que queia més avall, s'apagaven els darrers llums. Al límit del bosc, cridava tristament una òliba.

Però, havia estat de veritat una òliba, allò? O és que algú feia un senyal a algú altre? Vaig esmolar les orelles, però el plany no es va repetir.

Em va dominar una lleugera excitació. Creia sentir que s'apropava alguna cosa desconeguda.

Des del meu amagatall, esperava i esperava. El campanar de l'església va tocar puntualment la mitjanit. L'hora dels esperits.

Uns tretze minuts més tard vaig percebre un soroll de motor. Un cotxe s'aproximava al poble des de l'oest. Aleshores vaig veure, entre les cases, el con lluminós procedent dels seus fars.

De sobte, a l'altra banda del gran jardí, es van apagar els llums i va emmudir també el motor.

Ara!, vaig pensar, i em vaig ajeure ben pla a terra.

La grava del caminet cruixia sota uns passos pesants i pausats. De manera lenta i irritant, la figura s'aproximava a la casa de la Milady. Una figura que em va semblar anormalment gran, però no vaig poder distingir-hi res d'especial, de tant que forçava la vista.

Tot va canviar molt ràpidament!

Vaig sentir que grataven a la porta, que rascaven un llumí i aleshores es van encendre dos fanalets vermells. Llums de cementiri.

Uns punys van colpejar la fusta de la porta. Una veu profunda va cridar:

—L'enterramorts és aquí!

Les llums tremoloses van convertir aquella aparició en una figura gegantina i desfigurada. Un barret de copa altíssim sobre una cara pàl·lida. Amb un frac negre, balder, i uns pantalons estrets, també negres, que semblaven agafats a unes botes pesants. L'home es movia per la fosca del jardí com un ocellot enorme.

—Ara excavarem la fossa! –va exclamar.

La caixa que sostenia... Quina mena de caixa era? Un fèretre? Vaig sentir que em venia la suor i que el cor bategava més de pressa.

Calma, noi!, em vaig dir. Sí, es tractava d'un fèretre, o almenys això semblava. L'home duia també una pala. Tot mormolant sense parar, va començar a cavar vora els rosers. Les puntes del seu frac es movien com ales a causa del vent.

Jo esperava que la Milady no veiés aquest espectacle tan fantasmal. Era una escena ben depriment, veure com l'esprimatxat enterramorts llançava palades de terra mentre deixava anar una rialleta.

Què estava esperant, jo?

Potser volia veure si el visitant nocturn acabaria aquella mascarada tan macabra. O potser estava paralitzat per aquella visió terrífica. Fos com fos, vaig esperar fins que ell va exclamar, amb veu potent:

—La tomba ja és a punt! –Va clavar la pala al terra, va amenaçar la casa amb el puny clos i agafà el taüt. A la claror d'aquells petits fanals vaig veure el seu rostre, ara vermellós.

Lentament, i sense fer soroll, em vaig aixecar fins a quedar de genolls. Ell no s'adonà de res.

Quan vaig disparar el flaix, es quedà clavat. Però se l'hi ha de reconèixer: la seva capacitat de reacció va ser enorme. No va passar ni una fracció de segon que s'adonà de la situació. Va llançar-me la pala i va arrencar a córrer. Jo em vaig tombar cap a una banda per no rebre, i vaig perdre uns segons decisius. Aleshores les cames se'm van enredar amb les mates de gerds.

Els seus passos ressonaven ja a la carretera del poble, quan em disposava a iniciar la persecució. En aquell moment es va engegar un motor.

Maleït siga! Aquell tipus se'm tornava a escapar? Per si no en tenia prou, vaig afanyar-me a anar cap al taüt, que era fet de pur cartró. Ja m'ho havia figurat, perquè, si no, l'home no l'hauria dut amb tanta lleugeresa. Vaig tancar aquella cosa i la vaig esclafar tan aviat com vaig poder. La Milady no havia de veure aquella enganyifa.

El cotxe roncava ja pels afores del poble, quan vaig arribar al meu Porsche. Vaig llançar els cartrons arrugats al seient de darrera i, en anar a asseure'm al volant, se'm va acudir una idea molt millor. Vaig tornar ràpidament a la casa.

La senyora Zetschke estava dreta al pas de la porta. Va assenyalar els fanals vermells i no va dir ni una paraula. Vaig apagar amb un cop de peu aquells llums de cementiri i vaig fer entrar –amb suavitat però sense manies– la Milady cap al vestíbul. Quan vaig encendre els llums vaig adonar-me que m'havia embrutat de cap a peus amb terra de jardí, com un talp que hagués travessat el globus terraqüi per dins. Però això no tenia cap importància, ara.

—Que... que li ha passat... res? –va preguntar la senyora Zetschke amb veu tremolosa.

—No m'ha passat res! –vaig remugar–. Però en sé d'un que sí, que li passarà!

—Què ha estat, doncs? Digui'm...

—Més tard –vaig interrompre–. Més tard li ho explicaré tot fil per randa. Ara no hi ha temps. On té el telèfon, a veure?

Va assenyalar un escambell. El número del taller mecànic d'en Tönne Bachmann me'l sabia de memòria. Precipitadament, vaig marcar el 471133 desitjant que l'endimoniat d'en Tönne agafés el telèfon.

Va contestar. Per fi.

—Aquí en Bachmann! –va informar una veu adormida. Jo no podia pas criticar-lo per la seva irritació. Ningú no es diverteix quan se l'arrenca del llit en plena nit.

—Sóc en Luc Lucas. Escolti bé, Tönne...

—Per tots els dimonis! D'entrada no em dic Tönne, sinó Anton, i segon, quina broma és aquesta de trucar a una hora tan intempestiva!

—No és broma! I no em pregunti de què es tracta, per l'amor de Déu! Ja li ho aclariré més tard. Té un camió al garatge?

—No, però davant de casa n'hi tinc un. Què...

—Doncs encara millor. Bloquegi la carretera. Hi ha un tipus corrent a tot drap per Zettelhausen amb un turisme. L'he d'enxampar com sigui. Va en direcció a Gerolstein i passarà per força per casa seva. Encara en té per uns dos minuts. No perdem més temps! Posi el camió entravessat a la carretera, de manera que no pugui passar. No se m'ha d'escapar. Vinc de seguida cap aquí, entesos?

—Però si vaig en pijama!

—Els camioners en pijama encara resulten més elegants! –vaig dir mentre penjava.

Sabia que em podia fiar d'en Tönne Bachmann.

Vaig dir a la preocupada Milady que es tanqués a casa i que no deixés entrar ningú fins que jo hagués tornat.

No hi entenia res, però va assentir amb fermesa. Segons més tard, jo estava assegut rera el volant, exigint al pobre Jonathan tot el que se'n podia exigir.

Les cases semblaven volar al meu pas, com els bedolls i arbustos de la carretera, que es vinclaven al vent. Em vaig aproximar ràpidament a la granja d'en Gehlig, i al seu graner on descarregaven els tractors. Just al darrera venia el taller d'en Tönne Bachmann.

Hi havia un camió entravessat a la carretera, que il·luminava amb els fars un pendent limitat per un clos plantat d'avets. En Tönne saltava, amb el seu pijama de color clar, com si estigués tocat de l'ala, i no parava de fer anar els braços, molt excitat. Vaig clavar els frens, fins que el Jonathan va xerricar de rodes. Mig ficat a la cuneta hi havia un Opel Caravan.

—Se n'ha anat! –va cridar en Tönne–. Corria com si l'empaités el dimoni.

—Quant fa, d'això?

—Potser un minut, Luc. Ei, vol perseguir-lo? El paio semblava perillós!

—I tant, que ho vull!

—Als avets! Es deu haver ficat entre els avets! Escolti, Luc...

Vaig enfilar-me pel pendent. Era força abrupte.

—Fora els fars! –vaig cridar.

En la foscor, com que la llum dels cotxes només submergia una petita part del paisatge en claror enlluernadora i deixava la resta encara més fosca, els ulls s'acostumaven més ràpidament a la penombra.

Com és de suposar, ja havia entrat en calor quan vaig deixar darrera meu la pujada i vaig arribar als avets, de l'altura del pit. Em vaig ajupir, per agafar aire i per escoltar. Al començament només sentia el brunzit de la meva pròpia sang dins les orelles.

Però hi havia alguna cosa més. Un cruixir de branques. No, allò no era pas el vent.

Vaig avançar en silenci, fins que vaig trobar-me, al final del clos, davant del veritable bosc, espès i impenetrable. Per aquesta atapeïda avetosa, ningú no s'hi podia moure sense fer el soroll d'una manada d'elefants. Estava segur que el meu adversari estava encara amagat al clos d'avets petits.

Ara es tractava de veure quin dels dos tenia més domini sobre els seus nervis. Em vaig relaxar, i vaig respirar pel nas tot afluixant els músculs. Els ulls em distingien cada vegada més detalls entre el paisatge. Tenia temps!

Quan vaig detectar-lo, gairebé se m'escapà el riure. Realment el molt ximple es pensava que m'enredaria d'aquella manera? Estava arraulit de manera grotesca entre els arbrets, i se'l veia molt ocupat fentse passar per un jove avet.

Per desviar-li l'atenció, vaig llançar pedres, branques i tot el que els meus dits podien arreplegar en la direcció oposada a on ell estava, per irritar-lo. Mentrestant, jo m'hi anava atansant de manera imperceptible. Encara dotze, deu, set passos... em separaven de l'home en la foscor. Va cridar de pànic, quan de sobte m'hi vaig precipitar amb un parell de gambades. Va mirar de fugir, però vaig atrapar-lo per les cames amb un salt força espectacular. Algunes branques espinoses em venien a la cara, però no per això vaig deixar-lo anar. L'home es girava i cargolava com una sardina, fins que va rendir-se i va escopir.

Jo estava a sobre d'ell i li vaig arrabassar aquell ridícul barret de copa que duia al cap.

—No! –va cridar–. No em pegui!

El tenia agafat pel coll i podia sentir que tremolava com una fulla d'arbre. Vaig treure'm de pressa la llanterna de la butxaca i la vaig dirigir a la seva cara, que estava rígida de por. Aquesta cara, jo la coneixia!

—No em pegui!

—No ho faig pas, Musial. Tranquil.

—Comissari Lucas!

—Quina sorpresa, eh, Musial? És un retrobament una mica estrany, oi? Qui s'ho havia de pensar. El senyor lladre de magatzems Musial. El sempre net de culpa senyor Musial. Ha caigut molt baix, dedicant-se a espantar velletes! No es pot pas imaginar el que m'arriba a costar no clavar-li un parell de mastegots!

—Senyor comissari! Jo...

—Ja no sóc comissari. Però això no canvia la situació ni un pèl. Has begut oli, sapastre! Aterrir sistemàticament una àvia té un cert aire d'intent d'assassinat, amic meu!

—No! Jo no sabia que...

—Jo no sabia... jo no sabia! No digui ximpleries! Em rebenta que em vulguin prendre el pèl. I tant que ho sabia, o no?

—Li juro que no sé de què va, això de l'àvia! Paraula!

—Això és massa. Es passa la nit fent el gamarús al jardí de la senyora Zetschke i ara vol que m'empassi que no en sabia res, d'aquella senyora. Per què no me n'explica una d'indis?

—Que em mori si menteixo! –va suplicar en Musial–. Jo només he fet el que m'han dit. Si hagués sabut que...

—Qui és que li ha dit què?

—No ho sé! De fet, no l'he vist mai, aquell home. Em va trucar i em va donar ordres. No sé el seu nom, i tampoc no l'he vist mai.

Estava inclinat a creure-m'ho. Durant la meva estada a Colònia, havia conegut molts individus com en Musial. Petits malfactors, que per un parell de bitllets es vendrien l'ànima. Desgraciats que es venien com Judes per quatre xavos, que s'embolicaven en tota mena d'afers bruts, i que eren capturats per la policia, mentre els peixos grossos es fregaven les mans i es repartien d'amagat el pastís. Ho coneixia bé, això, però em fastiguejava ara i sempre. Aquest cop, però, no em volia quedar només amb el peix petit: volia enxampar el tauró, el cervell gris que hi havia al darrera, el que havia utilitzat el pobre ximplet d'en Musial. Si tan sols sabés la raó d'aquesta pantomima! En Musial només feia que esbufegar pel nas.

—Ei! –va cridar en Tönne Bachmann des de la carretera–. Què passa? Li cal ajuda, Luc?

—No –vaig respondre–, ja el tinc. Ara baixem!

—No m'entregui a la bòfia... ehem, a la policia. No pot fer-ho.

—Vaja! I per què no puc?

—Estic en llibertat condicional. Em tornaran a ficar a la garjola, si jo... si jo, maleït siga... –Va sanglotar.

Jo estava engegant a passeig la meva ira contra en Musial. De fet, gairebé em feia llàstima. Però em pujava la ràbia contra el que l'havia enviat. Aquest és el que jo volia enxampar!

—Ahir a la nit també va anar al jardí de la senyora Zetschke?

—Sí, però jo no ho sabia que allà hi vivia una senyora gran. Jo no els faig mai res, a les velles, això sí que no!

—Per un bitllet dels grossos posaries a la venda la teva pròpia àvia –vaig replicar. No, en Musial no es donaria tan fàcilment, però tampoc no es carregaria les culpes d'un altre, deixant el tauró al seu aire.

—Potser el deixaré anar –vaig dir–. Suposant que m'ajudi i que no provi de jugar-me-la.

—No m'hi atreviria pas, senyor comi... senyor Lucas –barbotejà.

—Això no l'ajudaria gens, a vostè, tampoc! A casa tinc un fastigós cap de plàstic amb les seves empremtes digitals. Tinc una pala amb les seves grapes. Hmm, i a més tinc un munt de burilles procedents de les seves cigarretes egípcies, i una foto ben clara. Un bonic munt de proves, oi? Perquè tot això quedi ben lligat, mostraré la seva cara de passerell a un home que hi ha allà a la carretera, que sempre el podrà reconèixer.

—Cal fer-ho? –va murmurejar en Musial.

—Sí. I a més vull tenir la seva adreça de Colònia, perquè ens puguem tornar a veure, nosaltres dos –vaig indicar amb veu ferma.

Em va donar les seves dades. Vaig escriure-les al darrera de la meva capsa de llumins. No va presentar resistència. Era conscient, de segur, que havia perdut la partida.

—Segur que no n'informarà la policia? –va inquirir.

—Depèn de vostè.

—Què he de fer, doncs?

—Vull parar una trampa al que l'ha embolicat en això. I em cal la seva ajuda. Primer: no ha de saber que el seu espantós encàrrec d'aquesta nit se n'ha anat en orris. Faci senzillament com si tot hagués anat sobre rodes. Ho ha captat?

—Sí, però...

—Que si ho ha captat! –vaig insistir.

—Sí –respongué amb veu fluixa.

—Bé, i després vull saber immediatament si es torna a posar en contacte amb vostè. Agafi el seu pròxim encàrrec, si és que n'hi fa un altre. Escrigui-ho tot. I truqui'm de seguida. Ara li donaré el meu número de telèfon. I ja pot posar-se a resar, si me la juga!

No, en Musial no es podia pas imaginar que es trobava en perill. La seva fantasia no arribava a tant. Menystenia el que l'havia contractat.

Vam seguir avall cap a la carretera. En Musial, amb el barret de copa a la mà, com un gos amb la cua entre cames. En Tönne Bachmann havia tornat a encendre els fars.

5

Un avís malvat

LA Nati i en Martin estaven ferotgement disposats a aprofitar cada minut de les curtes vacances de Pasqua. Tornaven a posar-se en marxa de bon matí, ajudaven els homes als estables i guiaven amb en Titus els poltres cap als prats. Al principi em feia por que els pogués passar alguna cosa. Però la meva preocupació no tenia cap fonament. Al cap de poques setmanes en Martin i la Nati feien anar els animals com els autèntics cowboys. A més, en Titus els vigilava.

Era hora de sortir a muntar amb la Do. Quan hi havia alguna cosa important a parlar, ho liquidàvem amb un passeig a cavall. Potser perquè, a fora, m'era més fàcil parlar amb llibertat. Evidentment, la Do sabia de feia temps que es covava alguna cosa, però, com sempre, s'esperava que jo en parlés per pròpia iniciativa. La Do encara no havia provat mai d'esprémer-me com una llimona.

Per a la Do havia ensellat la Princesa, una euga de vuit anys, negra com un corb, i jo tornava a muntar l'Alouette. De fet, alguna vegada m'hauria agradat agafar el Xerxes, el nostre mascle de color xocolata. Però l'endimoniat cavall es comportava de manera força esbojarrada davant les eugues. Avui no el podia utilitzar, ja que m'estimava més parlar amb la Do.

Feia un temps d'abril d'allò més típic! Vam sortir amb un sol brillant, i deu minuts més tard ens picava a la cara una dutxa de neu. Senzillament, no en vam fer cas.

Després, quan vam arribar al límit del bosc, van aparèixer tímidament un parell de raigs de sol entre les branques. Vaig aprofitar l'ocasió per explicar a la Do, des del començament, la història del fantasma al jardí de la senyora Zetschke. L'aventura nocturna d'en Martin i la Nati, me la vaig estalviar. La Do ja tenia prou maldecaps.

—No t'entenc pas, Luc –va dir la Do–. Com vas poder deixar anar tranquil·lament aquest tal Musial! I si torna a fer alguna animalada? En seràs el responsable. A més, això és perillós. Sempre has de...

—... ficar el teu nas en els afers de l'altra gent? –vaig completar, tot rient. Em vaig tornar a posar seriós–. Et semblaria millor que deixés la senyora Zetschke sola amb el seus fantasmes?

—No és pas això, Luc! Ja saps que no. Per què no n'informes la policia?

Vaig acotar el cap tot mirant-me la Do de fit a fit.

—Primerament, aquí a Zettelhausen no hi ha cap comissaria de policia, i la policia local de Gerolstein de segur que té altres coses a fer que no pas vigilar la casa de la senyora Zetschke. I en segon lloc: què ha passat? Algú ha estat fent bromes idiotes, segons que sembla. Activitats criminals? Encara que entregués la fotografia d'aquesta nit a la policia, no podrien investigar res.

—Ximpleries! –La Do va riure–. I si comuniquessis a la policia el que ha declarat en Musial? Necessites informar la policia de tot el que ell t'ha explicat sobre el misteriós personatge que el va llogar.

—En Musial té antecedents i està en llibertat vigilada. Que sigui tan curt i que es deixi embolicar en assumptes bruts és potser el seu problema principal. Però també és un pobre desgraciat. A un tipus amb antecedents no se li sol donar fàcilment l'oportunitat de tornar al bon camí. I d'alguna cosa ha de viure. Per això crida l'atenció dels malfactors grossos, que l'unten amb una mica de diners. No, en Musial només és un peix petit. I jo vull enxampar el peix gros que s'hi amaga al darrera.

—I potser només vols fer una mica l'indi, Luc. Ja et conec!

Cavalcàvem l'un al costat de l'altre al pas. El terra tou del bosc fremia sota les peülles dels cavalls. En la distància, on el bosc mixt feia de límit als prats de pastura de la granja, podíem veure jugar els poltres per les deveses. No hi havia encara res per pasturar, perquè tampoc no feia gaire que havia començat la primavera. Però els cavalls necessitaven un lloc on desfogar-se.

En Martin i la Nati, que sempre es quedaven al costat dels cavallets, devien ser en algun lloc a la vora, tot i que des del bosc no els vam poder distingir.

Però vaig percebre una altra cosa. Entre els arços de darrera el prat va brillar alguna cosa al sol. Potser algú hi ha llençat una ampolla, vaig pensar, i no me'n vaig preocupar més. Que això era un error, no me'n podia pas adonar en aquell moment.

Vam tornar a dirigir els nostres cavalls cap al bosc. La Do em va preguntar si volia un xiclet. No, no en volia.

—Què en pot treure, algú, d'espantar una senyora gran? –va preguntar la Do.

—No ho sé. Encara no. Algú està seguint un pla ben definit, això és segur. Fa que en Musial tingui la senyora ben aterrida. Què es deu proposar?

—Si la senyora Zetschke tingués una casa bonica i gran, aleshores em podria pensar que algú la hi enveja. Però una caseta com aquella... És clar que el jardí és enorme, però...

—Alto! –vaig dir. L'Alouette va tombar el cap, irritada, i va bufar de mala gana quan vaig estirar-li les regnes de sobte. I la Do se'm va quedar mirant com si m'hagués empassat un gripau.

—La finca! És una finca rematadament gran. No es tracta de la casa, no, es tracta de la finca. Noia, Do, tu sí que m'has ben obert els ulls!

—Vols dir que algú vol aconseguir que la senyora Zetschke toqui el dos de la seva finca?

—I tant! –vaig afirmar–. El nostre gran desconegut l'està empenyent, li està posant la por al cos, per foragitar-la. Qui sap què més li està preparant per aconseguir que es vengui la casa i el gran jardí, i que desaparegui d'aquí! He convidat la Milady, per cert, a venir a casa una temporadeta.

—La senyora Zetschke n'està molt, de casa seva. Especialment del seu jardí. –Va dir la Do calmadament.

Vaig deixar l'Alouette amb les regnes lliures.

—Encara vols que deixi en pau el malfactor que està enganyant la Milady?

—No –va dir la Do–, no ho vull. Però vés amb compte.

Venia una baixada. Ens havíem de fixar que els cavalls no rellisquessin sobre les fulles humides. En la verdor del sotabosc giravoltaven les merles enjogassades. Sobre els cims, una rapinyaire volava en cercles perillosament lents. Un astor? Una àliga?

—Veus el xoriguer? –va exclamar la Do.

Així que era un xoriguer. La Do hi entenia més que jo, d'aquestes coses. Per variar, va començar a ploure altre cop. El xoriguer va desaparèixer com una bala entre els faigs.

—A més, tot això encaixa molt bé amb allò que ja et vaig explicar –va dir la Do, mentre es posava la caputxa de l'anorac sobre el cap.

—Estàs parlant en jeroglífics, venerada senyora meva. Què és el que encaixa bé?

—Això de la finca lliga amb el que t'he explicat durant el dinar. Ja saps, quan he tornat de l'assessor fiscal.

—Quan has tornat de l'assessor fiscal? De què va això? Què m'has explicat?

—Això és típic d'en Luc Lucas! –La Do renegava com un carreter–. Com sempre, no m'has escoltat, oi? T'explico una cosa i no se t'acut ni escoltar-me!

—Torna-m'ho a explicar –vaig demanar, amb una rialleta insegura.

—L'assessor fiscal m'ha dit que aquesta zona ha estat declarada de protecció de la natura. Fins i tot ha sortit al diari.

—No ho he llegit pas.

—Doncs bé que hi ha aparegut. Prohibició total de construir. Només es podrà construir a les finques de Zettelhausen que ja pertanyin a una casa o a una granja, ho captes? No es pot urbanitzar més terreny per a construir-hi.

Naturalment que ho havia captat. Vaig xiular entre dents. Amb això, els terrenys en què encara es podia construir pujaven de preu de manera monstruosa. I entre aquests terrenys hi havia el gran jardí de la senyora Zetschke. Vaig veure ben clar que algú volia fer-se la barba d'or a costa de la vella dama.

—I doncs què? –va preguntar la Do–. No passegem una mica més?

—Vés tu sola cap a casa! He de tornar volant, sens falta, a casa de la Milady.

—Tens alguna idea?

—Podria ser. Ja sabem amb força seguretat quina era la raó de l'espectacle nocturn. Però encara ens cal trobar l'espavilat que ho ha planificat.

La Do va fer petar la llengua. La Princesa va saltar i va iniciar el galop tot renillant.

—Fins després! –va cridar la Do.

Me la vaig quedar contemplant uns moments. Realment, el seu estil de muntar era fantàstic. Ningú no hauria dit que només feia uns anys era una clàssica floreta de ciutat.

La Milady treballava com de costum al seu jardí. Quan va sentir les passes del cavall, es va atansar a la tanca. Va intentar un somriure, però li sortí molt pansit. Vaig descavalcar.

—M'agradaria acceptar la seva invitació, senyor Lucas –va dir tímidament.

—Bé, senyora Zetschke. Millor que reculli algunes coses ara mateix. La vindré a buscar aquí quan comenci a fosquejar, d'acord?

—Espero que no sigui massa molèstia per a la seva senyora. No és agradable tenir estranys a casa.

—Ni pensar-hi! Tenim molt d'espai a la granja. La cambra dels convidats sempre és a punt. I pel que fa a la meva dona, li complau tenir convidats. Li agrada xerrar, sap?

—Bé, doncs accepto agraïda el convit, senyor Lucas. Aquestes nits... tota sola aquí a casa. I sempre amb la por que tornin les aparicions! No, em temo que el meu cor ja no està per a aquestes coses. És... –Va tapar-se els ulls amb el davantal.

Ja durant la nit de la persecució d'en Musial, quan vaig tornar a casa seva, havia demanat a la Milady que vingués amb nosaltres fins que tot l'assumpte s'aclarís. S'hi havia negat. Em convenia molt que ara hi estigués d'acord. No em podia pas estar cada nit jugant a sentinella en el seu jardí, i per altra banda ella tampoc no podia passar la nit tota sola en aquella casa tan aïllada.

—Una pregunta, senyora Zetschke: amb qui ha parlat de les visites nocturnes i de les altres amenaces?

—No n'he parlat amb ningú, d'això –respongué ràpidament, tot posant-se la mà als llavis.

—Però m'ho ha comentat a mi, per exemple, senyora Zetschke. Sisplau, reflexioni una mica!

—Amb vostè, el senyor Clementy i el nostre doctor, això sí. Però vostès tres no compten. Vull dir: no n'he parlat pas amb cap desconegut, segur que no.

—Amb ningú del poble? Ni anant a comprar, potser?

—M'hauria fet molta vergonya. No, senyor Lucas.

—I tanmateix, el nostre estrany amic està força ben informat de vostè i dels seus costums. Tot això no encaixa gens.

Com més insistia, més es mantenia la Milady en l'afirmació que no havia parlat amb ningú sobre les inquietants trucades i les visites a mitjanit. No hi havia res a fer.

—Cap a les cinc la vindré a buscar, entesos?

La Milady va assentir amb un sospir i va reprendre la feina de jardineria. Vaig observar que el forat que «l'enterramorts» d'en Musial havia obert a la nit estava colgat i que hi havia tulipes grogues plantades. Vaig muntar al cavall.

A la granja m'esperava una desagradable sorpresa.

La Nati i en Martin eren al portal. No em van deixar temps ni de descavalcar ni de passar les regnes a en Paps Zuckermann.

—Quan aquell porc caigui a les meves mans... –maleïa en Martin, amb la cara enrojolada i els punys closos–, en faré confitura!

—Jo primer! –va cridar la Nati–. Li arrencaré les orelles a mossegades! Quin tros d'ase! Li clavaré una forca al darrera, a aquest criminal! Veurà què se sent!

—Estomacar-lo durant hores, és el que cal! Martiritzador d'animals! Oh, si l'enxampo... –La veu d'en Martin va aturar-se de sobte.

Vaig prendre la paraula a poc a poc. Vaig preguntar si algú em podia explicar la història sencera des del principi. No tenia ni idea de contra qui anaven aquests exabruptes.

—Un capsigrany ha llançat una cosa punxeguda al llom de la Raya! –va xisclar la Nati–. Se li ha clavat fins a fer-li sang!

—Com un dard –va especificar en Martin–. Amb un paper a dins. Li trencaré tots els ossos, a aquell sac de fems.

—Un moment –vaig dir–. Abans que algú surti d'aquí amb els seus també trencats: qui ha estat, aquest? Qui ha llançat la cosa al llom de la Raya?

—Ja pots anar preguntant! –va mirar-me en Martin amb commiseració, com si jo fos ximple. Va arronsar les espatlles–. Si sabéssim qui ha estat, home, ja l'hauríem estomacat tant, que no sabria ni com es diu, a hores d'ara!

En Titus va venir corrents. Em va posar davant del nas un dard que sostenia al palmell de la mà. A la punta, hi vaig veure rastres de sang i pèls de cavall.

—Miri quina porcada! –va remugar en Titus. La seva mà tremolava–. Qui ha fet una cosa així? Quina mena de persona pot fer una cosa així?

—Calma! –vaig dir amb veu forta. No tenia cap sentit que tots m'eixordessin com oques enfurismades.

En Titus va comprendre-ho. Va respirar profundament tres vegades i engegà:

—Teníem un client per aquí. Volia donar un cop d'ull als poltres. Bé, doncs quan hem arribat a les pastu-

res del bosc, la manada s'ha posat a córrer embogida per totes bandes, i la Raya tenia aquesta maleïda cosa clavada entre les costelles. El client s'ha desdit de la compra. Amb unes quadres on passaven coses així, no li interessava pas fer negocis.

—Ja hi som! –vaig dir enfadat. La meva ràbia creixia més i més.

—És clar, de moment la Raya no em deixava atansar-m'hi. Li devia fer un mal de bojos. Però després li he pogut extreure la fletxa. Aquest paperot penjava del dard.

En Titus va treure's una carta de la butxaca de la jaqueta. Vaig llegir:

AIXÒ ÉS UN AVÍS! NO S'HI FIQUI!

—Va per mi –vaig remugar.

En Titus em mirava sense entendre-hi res. Va voler preguntar alguna cosa, però ho deixà córrer. Li vaig agafar el dard i el paper de la mà i ho vaig posar amb compte sobre un mocador. Sempre podria ser que hi hagués empremtes dactilars. Tanmateix, no en tenia gaires esperances. Si fins i tot els nens sabien que cal portar guants per a aquesta mena d'accions!

—De seguida hem buscat pels voltants, el personal i jo –va dir en Titus–. Si haguéssim arreplegat aquell tipus! Però ja devia ser muntanya enllà. Hem trobat herba trepitjada vora les mates d'arços, i rera el bosquet hi havia marques de pneumàtics. Res més.

M'hauria clavat un parell de clatellots. La lluïssor que havia vist en la distància! És clar, algú havia estat rondant pel mig del bosquet. Potser el sol havia fet un reflex en les seves ulleres, potser portava botons brillants a la roba, o potser havia fet servir uns prismàtics...

—Ha de venir el doctor –vaig murmurar.

—La Do ja hi ha anat –informà en Martin.

—Amb la furgoneta?

—Sí, sí!

—Doncs afanya't i vés al telèfon. Potser la pescaràs encara a cal doctor Kessler. Digues-li que ha de recollir la senyora Zetschke. La senyora passarà la nit amb nosaltres. Va, corre!

En Martin em picà l'ullet amb complicitat. La Nati també estava al cas. En canvi, en Titus mirava l'un i l'altra sense entendre-hi res.

Vaig donar, amb els nens, un cop d'ull al poltre. La Raya s'havia calmat una mica, però sortia un fil de sang de la ferida. Jo esperava que el dard no li hagués rascat la capa òssia d'alguna costella. En tot cas, convenia que el doctor ho comprovés.

Vam tornar a buscar entre els arços, però no hi vam trobar res. Ni tan sols un tros de llana esfilagarsat ni res semblant no havia quedat agafat a les espines.

En Martin va assenyalar cap a l'herba.

—Ha passat per allà!

—Sí –vaig dir–, i per les petjades allargassades pots notar que ha estat corrent. Però sempre diem: ell. Per les petjades no es pot pas dir si era un home o una dona, el que corria per aquí.

—Amb la força amb què aquest algú ha clavat un dard així al llom d'un cavall, ha de ser necessàriament un home –va deduir la Nati.

—Probablement –vaig reconèixer–. Però no es pot afirmar amb seguretat.

També vam trobar les marques de pneumàtics al bosquet. En el terra tou de la pista forestal, prevista només per a vehicles tot terreny, els perfils dels pneumàtics s'havien marcat clarament. En Martin va pastar guix en un gibrell de plàstic i vam obtenir una peça amb els perfils bastant ben reproduïts.

Mentre esperàvem que el guix s'assequés, vaig explicar als nois tot el que havia succeït la nit anterior. Era millor que n'estiguessin al corrent. Em van prometre anar amb compte i no parlar de l'afer amb ningú més que amb la Do i amb mi.

La Do havia tornat a casa amb la senyora Zetschke i el doctor. En Paps Zuckermann entrava a dins la gran bossa que la Lady s'havia endut.

—Quins successos més edificants que passen per aquí, darrerament! –va saludar-me sarcàsticament el doctor.

—Sort que tenim un veterinari tan capacitat –vaig ironitzar.

El doctor Kessler va contraatacar de seguida.

—Acabo de dir-li a la senyora Zetschke que hauria d'informar la policia sobre aquest assumpte. Ja he sentit que ahir a la matinada hi va tornar a haver espectacle.

—Vol dir que jo no me'n surto, oi?

—Això no ho he dit pas. No capgiri les meves paraules, Lucas! Però...

—Però ho pensa.

—El doctor m'ha aconsellat que comprés un gos gros. Imagini's, senyor Lucas! Un gos gros arruïnaria el meu jardí! A més, em fan tanta por els gossos grans com les aparicions.

—En tot cas, a les nits no hi hauria elements que fugen de la claror passejant-se pel seu jardí –replicà el doctor Kessler, i això naturalment anava per mi.

—Aquest matí he fet una trucada al meu advocat –va dir la Milady reposadament–. El senyor Clementy m'ha dit que no podia pas prendre la decisió per mi, però que si estigués al meu lloc no es quedaria pas sol i desemparat en una casa fora del poble i en la qual passessin coses poc clares.

—I ell què proposa? –vaig preguntar.

—Vendre. Ell s'ho vendria, m'ha dit. Que avui em posarien calaveres pintades i taüts davant de la porta, però demà podria ser que em fiquessin bombes per la finestra. I que del jovent d'avui dia es pot esperar el pitjor. Ha dit que es tractava de *roqueros* i anarquistes i tot això. No sé pas què signifiquen, aquestes paraules.

Jo volia fer-li veure que la xerrameca del seu senyor Clementy només era una estupidesa, quan de sobte em va venir, ràpid com un llamp, un pensament al cap.

De cop vaig saber qui era el meu malfactor! En un instant vaig descobrir qui s'amagava rera aquesta mascarada.

—Vaig a donar un cop d'ull al cavall –va dir el doctor.

—Sí, faci-ho –vaig respondre, però jo era ben lluny d'allà, immers en els meus pensaments.

En Titus va anar amb el doctor cap a les pastures. En Martin i la Nati ja corrien cap a fora. La Do va acompanyar la Milady a dins.

Vaig encendre un cigar llarg i prim mentre reflexionava.

Dimoni, aquesta era la solució!

Espera't, sapastre, que t'estiraré les orelles!, vaig pensar.

Unes quantes volves de neu gruixudes giragonsaven entre els raigs de sol. Temps d'abril...

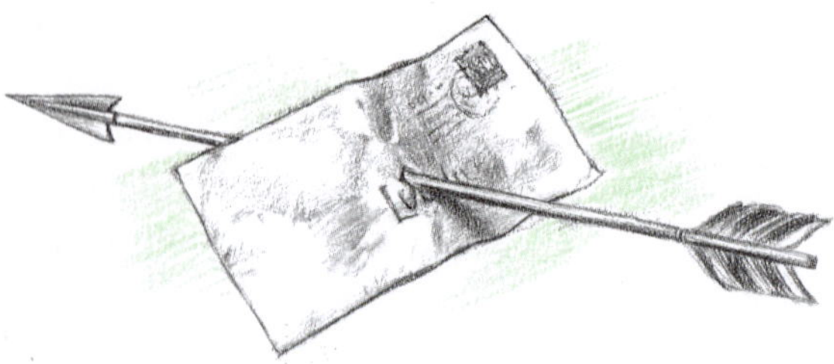

L'ocell ha volat

PER primer cop em molestava el gairebé inaudible tic-tac del vell rellotge de paret. Havia posat les «proves» sobre la taula i hi estava reflexionant. El rellotge va assenyalar inflexible les dotze del migdia.

Res, aquestes proves no em serien de cap ajuda! De fet, només acusaven en Musial. Les puntes de cigarreta, el buidatge de les soles de les botes, el fastigós cap... Sí, i la foto que li havia fet amb la Polaroid. Però en Jupp Musial, aquell ximplet insignificant, no era precisament la persona contra la qual jo necessitava proves!

De l'altre, del malfactor sofisticat, no en tenia res més que una simple còpia en guix de la marca dels pneumàtics, com la que es podria obtenir d'uns quants milers de cotxes més. Pneumàtics de coberta ampla: què en treia, d'això? BMW, Commodore, Mercedes, Rallye-Capri... El Jonathan deixava també unes marques similars. Tenia clar que amb això no avançava gens.

I què més tenia en contra d'ell? Tant com res. Ell havia sabut utilitzar en Musial tot quedant-se hàbilment en segon terme. Tot assenyalava en Musial. Si tot l'afer esclatava, com a màxim seria aquest qui rebria les garrotades. Contra l'altre no hi hauria res.

Però havia comès un error, tanmateix, i fou la meva oportunitat. Li havia de parar una trampa, amb la qual pogués obtenir proves segures. D'altra manera no hi hauria res a fer.

El fet que s'aprofités d'en Musial, amb antecedents i indefens, per als seus plans, feia acréixer la meva ira. Jo no podia suportar els especuladors de finques, perquè sempre he estat del parer que no s'han de fer negocis amb la terra, l'aire i l'aigua. És que la terra no pertany a tothom? D'on treuen el dret, certes persones, de tenir-ho tot en propietat, moguts per la seva cobdícia insaciable? Però com ja he dit, que en Musial hagués de pagar els plats trencats en lloc de l'autèntic delinqüent, era el que més m'encenia la sang.

La Do va irrompre de sobte:

—Luc, escolta, ella vol vendre!

Jo sostenia amb les pinces, a contrallum, la nota amb l'avís, i examinava les dues puntades que l'agulla del dard hi havia deixat.

—Si es trobessin empremtes digitals en aquest paperot o en la fletxeta, tindria finalment alguna cosa en ferm contra el nostre ridícul llançador. Però seria massa bonic si fos veritat!

—Luc, que m'escoltes? La senyora Zetschke vol vendre! Vol vendre's la casa!

Quan vaig veure la Do allà, dreta, en pantalons i botes de muntar, amb les galtes vermelles i els cabells esbullats pel vent, els punys closos i els ulls guspirejant, em semblà de sobte una deessa de la venjança, i vaig haver d'esclatar a riure.

—Encara trobes que fa riure! –va dir, morruda–. Saps tan bé com jo que la Milady no viu per a res més que per al seu jardí. I ara vol vendre, perquè de mica en mica perd els nervis, sense remei. És una cosa rematadament trista. I tu te'n rius!

Li havia d'explicar, a la Do, que reia d'ella? Millor que no.

—Estava pensant en una cosa –vaig deixar anar, mentre em tornava a posar seriós.

—Hi parlaràs tu, amb la senyora Zetschke? Potser a tu t'escoltarà.

—T'ha d'escoltar a tu, Do. Ara no tinc temps, he d'anar a Colònia. Digues-li que només ha de tenir un xic més de paciència, i s'haurà acabat el seu molest fantasma.

—Em fas gràcia! I com ho saps, això?

—Perquè faré que el nostre esperit nocturn s'hi enganxi els dits.

—Però si no saps res...

—Sí –vaig dir–, sí que sé. Des de fa mitja hora sé prou bé qui està tan desitjós del jardí de la senyora

Zetschke, que no es detura per res a l'hora de forçar-la a vendre.

—I qui és? –va preguntar la Do lentament.

—En Clementy.

—Qui, l'advocat?

Vaig assentir:

—L'advocat. Justament ell.

—Però... d'on treus que és ell? Com és que justament ell s'ha anat a fixar en aquella finca? A més, és un vell conegut de la senyora Zetschke!

—Vés fent, tu i els vells coneguts! –vaig replicar–. Com si no hi hagués prou gent que ha estat ensarronada per coneguts de tota la vida!

Però l'altra pregunta que havia fet la Do era la decisiva: per què precisament en Clementy? Jo esperava trobar una resposta a aquesta pregunta a Colònia.

La Do es va repenjar al cantell de la taula. No li va passar per alt que jo no podia deixar quiet l'horrorós cap de plàstic. Estranyament, el tic-tac del rellotge em continuava molestant.

—D'on has tret que en Clementy és al darrera de tot això? –va preguntar la Do.

—Perquè ell mateix s'ha traït. Fixa't: tu mateixa has trobat la raó principal del mòbil. La prohibició de construir a Zettelhausen! Però encara es podrà, als terrenys on ja hi ha casa i pati. Si algú coneix aquesta prohibició però no posseeix cap terreny amb dret a obres, i tanmateix vol edificar, què fa, doncs, eh?

—Doncs mira! Pot informar-se amb els grangers a veure si algú vol vendre el seu tros. També depèn del que es vulgui construir, oi?

—Per això mateix. No sabem què vol construir en Clementy. Però sabem que el jardí de la senyora Zetschke està especialment ben situat: als afores del poble, amb orientació al sud i amb molt de sol tot el dia, lleuger pendent, una vista magnífica... És clar que el nostre home vol aquella parcel·la. Va cargolant meticulosament la senyora Zetschke, però ella...

La Do va somriure amb murrieria:

—...ella, naturalment, no té intenció de vendre. S'estima el seu jardí més que altra cosa.

—I per això el frustrat comprador munta un parell de trucs malvats. Per alguna altra raó que no sabem encara, sembla que li és especialment convenient apoderar-se del jardí de la senyora Zetschke. El ximplet d'en Musial, en llibertat però sota fiança, li sembla l'esclau indicat per als seus plans recargolats. A més, tampoc no ha de conèixer qui li fa els encàrrecs. No, ell és massa hàbil. I també prou llest i mesquí per aprofitar-se de la indefensió d'en Musial i fer que doni la cara per ell. Naturalment, en Musial fa qualsevol cosa per quatre rals, no té cap més sortida. Però jo ja podia haver-hi caigut abans, de fet...!

—Com? –va preguntar la Do. No hi entenia res.

—Perquè una persona normal no podia saber sense més ni més que en Jupp Musial era un lladre, i això és definitiu!, sortit de la presó en llibertat condicional. És clar, un advocat pot accedir amb certa facilitat a aquesta mena d'informació. Pot haver-la extret d'alguna vista legal, o haver-la sentit entre els seus col·legues, o pot haver tingut accés a les actes judicials. Però això encara no representa una prova contra en Clementy.

—És clar que no. Tinc curiositat per saber si tens realment una prova, Luc.

Això era massa! La meva pròpia dona dubtava de les meves capacitats com a criminalista. Havia de riure un altre cop, però em vaig contenir.

—Aquí! –vaig assenyalar la nota i també el dard–. M'ha de conèixer per força, aquest senyor X que s'amaga. Ha hagut de saber que jo m'interessava pels enrenous al jardí de la senyora Zetschke. Però gràcies a qui ho ha sabut? A en Musial? No, no pas gràcies a ell! Per part meva tampoc no ha arribat a saber-ho, ja que no ho he dit a ningú. Només queda la Milady.

La Do es mossegà el llavi.

—La senyora Zetschke va dir que només ho havia comentat al doctor i al senyor Clementy, el seu advocat.

—Ahà, així que tenim dos sospitosos!

—Luc, no siguis burro! El nostre doctor és un tossut, però mai no es dedicaria a aterrir ningú!

—Ja ho sé –vaig replicar–. Oblida el doctor, només era una broma. Però recorda que aquest matí, aviat, he anat a cavall fins a ca la senyora Zetschke a preguntar-li si de veritat no havia parlat amb ningú més sobre les aparicions nocturnes. Va assegurar que no coneixia gaire la gent del poble, i que a més li feia massa vergonya parlar d'un afer tan penós. Va tornar a dir que només ho havia comentat al senyor Clementy i al doctor.

—Això també ho ha dit aquí, quan ha arribat a la granja –va recordar la Do–. El doctor li ha aconsellat un gos gros, i l'advocat que vengués la casa.

—I amb això s'ha ben acusat! Recordes quins arguments ha donat a la Milady?

—No.

—Li va dir per telèfon que avui li posarien caps pintats i taüts davant de casa, i que demà potser li farien miques les finestres.

—Sí, ja me'n recordo. Aquelles ximpleries sobre *roqueros* i tot allò que ja ens va explicar.

—Li ha posat la por al cos, sí, sí! Però va ser essencial, això del cap pintat i els taüts. Pensa-hi: qui podia saber que a la nit hi havia un taüt de cartró davant la porta, des que en Musial va abandonar el seu *show* d'enterramorts? La Milady no se n'ha pas assabentat, que hi havia un objecte tan idiota davant de casa seva, perquè jo mateix vaig esclafar el taüt de cartró i el vaig llançar dins del cotxe abans de perseguir en Musial. No volia que la Milady s'esfereís encara més. Per ella, el senyor Clementy no en podia pas saber res. Absolutament res. El senyor Clementy només en podia estar informat pel senyor Clementy mateix!

La Do se'm quedà mirant. Ho havia entès.

—Quin tipus tan miserable! –va deixar anar–. Ella hi confia, i ell la vol fer fora de casa seva i del jardí. Però per què?

—Encara no ho sé. Es deu haver embolicat en algun assumpte immobiliari tortuós. Alguns projectes de volada. Però ho esbrinaré. Faré cantar aquest ocell. A més, intentaré trobar empremtes digitals a la nota i al dard. Això fóra, naturalment, la prova més directa i clàssica contra el tèrbol senyor advocat.

—Així, doncs, te'n vas a Colònia?

—Sí, ara mateix.

—No vols pas dinar amb nosaltres, primer?

—No, no vull perdre temps, ara. És molt important que deixis clar a la senyora Zetschke que no hi ha cap motiu per vendre precipitadament, mentre jo estigui mirant d'aclarir aquest afer. Però, compte, no ha de saber de cap manera que en Clementy és qui va en contra seva, entesos?

—Em prens per una pallussa rematada o què?

Sense dignar-se ni a mirar-me, la Do va girar cua, ofesa. En arribar a la porta es va aturar.

—Tu sí que has d'anar amb compte! –em va dir, tot mirant-me de dalt a baix.

Em vaig afanyar a posar-me en marxa. Com que no tenien res més a fer, en sentir roncar el Jonathan, en Martin i la Nati van venir corrents.

—On vas? –va cridar la Nati ja des del jardinet.

—He d'anar a Colònia.

—Fantàstic! També venim! –s'alegrà la Nati.

—Ho sento, nois, però avui no pot ser.

—Però si estem de vacances...! –protestà en Martin.

—No us puc dur. Feu-me cas, sisplau!

—Has d'anar a Colònia per la senyora Zetschke? –volgué saber en Martin, fent veu de complicitat.

Vaig assentir.

—Però si és això ja ens pots portar! –objectà la Nati–. Ostres, no hauria cregut mai que fossis tan perepunyetes.

—I qui s'encarregarà de la Milady? –vaig preguntar.

—Per què ho dius? –va voler saber en Martin.

—Ja us ho vaig explicar. Han passat massa coses, i la Milady és la nostra invitada. Per tant, ens en fem responsables. Ens cal repartir-nos la feina. Tinc coses per fer a Colònia fins al vespre. Mentrestant, encarregueu-vos de la vigilància.

Em va semblar que això li feia gràcia a en Martin. La Nati no ho tenia tan clar. Va acotar el cap com els gossets, i em va esguardar com si em preguntés: ¿ho dius de veritat o és que et vols desempallegar de nosaltres?

—Va bé –digué en Martin–, la vigilarem.

—Bé, què hi farem –cedí la Nati, generosament.

—Si vingués ningú –els vaig recomanar–, o si us passés res d'estrany, aviseu de seguida en Titus, entesos?

Tots dos van mostrar expressivament que tot estava molt clar i que es podia confiar en ells. Vaig acomiadar-me'n amb un toc de clàxon.

El Jonathan rodava a través d'estretes valls. En aquest paisatge abrupte la verdor apareixia tard, però l'hivern, força suau, havia permès que les flors brollessin arreu amb abundància.

Certament, me l'estimava, aquell paisatge, però em va venir una sensació estranya, mentre m'aproximava a l'autopista de Colònia, a la banda esquerra del Rin. ¿No era jo, decididament, un fill de la gran ciutat? ¿No tenia, en el fons, enyorança d'aquella ciutat, sense voler-ho reconèixer? ¿És que potser no necessitava aquell formiguer de pisos, torres i totxos? ¿No trobava a faltar l'agitació i les presses de la gentada, la bigarrada confusió i els milers de cotxes, autobusos i tramvies arrenglerats com cucs gegantescos?

Un parell de desviaments em van fer perdre una bona mitja hora. Però finalment vaig arribar a la meva primera destinació.

Els meus antics col·legues del Departament d'Afers Criminals de la Policia em van fer una salutació sorollosa: «El fill pròdig ha tornat!», «Luc, noi, que t'hi has repensat?», «Vaja, els baixos fons de Colònia poden tornar a tremolar!», «Genial, Luc, que t'hagis deixat veure!», «Va, digues que et quedaràs aquí per sempre!»... Xerraven tots alhora, em donaven copets a l'espatlla, i vaig tenir feina per arribar fins al despatx d'en Karl Hauf. El comissari Hauf em va oferir un cafè i un cigar voluminós. Però em vaig estimar més fumar una de les meves pròpies rampoines *tapa-bronquis*.

Allà on seia en Karl Hauf m'hi havia assegut jo feia un parell d'anys. Feia estrany, tornar a ser aquí i veure-ho després de tant de temps: res no havia canviat. Potser jo tampoc?

—Salut –digué en Karl Hauf, mentre feia un glop de la tassa, calenta. Semblava un osset de peluix, amb mitja calba i les galtes rabassudes, però era un dels agents criminalistes més experimentats.

Vaig fer un glop del meu cafè, vaig treure el dard i la nota de la meva cartera de mà i vaig deixar els dos objectes sobre l'escriptori d'en Karl Hauf. Pel passadís ressonava la remor esmorteïda que sempre regnava aquí, a la Prefectura policial.

—Què n'opines? –vaig preguntar.

En Karl Hauf prengué el tros de paper, de la grandària del palmell, amb unes pinces, i se'l mirà una estona.

—Va per tu aquest avís? –va inquirir tot seguit.

—Sospito que sí.

APRIL
BEFEHL

—El gat no deixa escapar la rata! –Va riure, va passar-se la mà per la calba del front, i digué en veu baixa:

—Tinta absolutament corrent. Segurament s'han escrit amb la mà esquerra, aquestes lletres tan estrafetes, per evitar que es reconegués l'escriptura. No em penses pas dir de què va, això, segurament?

—Mira, Karl, és un assumpte típic. Especulació parcel·lària. Només que l'interessat vol espantar una vella dama fins a matar-la! I això sí que no m'agrada.

—Sona bastant malament. –En Karl Hauf em mirà amb els seus ulls tristos–: Què puc fer per tu?

—Podries fer mirar aquestes coses al laboratori, per les empremtes digitals, per exemple.

—Saps prou bé que ara ets un paisà, Luc. Si s'assabenten que he posat en marxa la maquinària policial al servei de les teves investigacions privades, hauré begut oli, ho tens clar, oi?

—Només em cal una petita porció d'aquesta maquinària –vaig insinuar–. A més, aquest cas serà aviat un cas per a la policia, t'ho asseguro.

—De qui es tracta, per cert?

—Clementy, es diu el paio. Advocat.

Em va semblar que això encara li agradà menys a en Karl Hauf. Qui té ganes de veure-se-les amb advocats? Els seus ulls es van tornar més malenconiosos. Però em va ajudar. Va pitjar un botó i féu venir un home jove, escardalenc i amb les orelles desmesuradament sortides, i li encarregà que portés el dard i el tros de paper al laboratori.

—Teniu alguna referència sobre en Clementy? –vaig preguntar quan vam tornar a estar sols.

En Hauf va moure el cap.

—En relació amb què l'hauríem de conèixer?

—Bé, doncs, diguéssim: en relació amb estafes immobiliàries.

—A mi no em sona –indicà en Karl Hauf, mentre mossegava un entrepà de formatge–. El nom de Clementy no em diu absolutament res.

Vam trucar a tot el departament, però a la fi vam tenir sort amb un que coneixia la fiscalia. Vam saber que l'Ernst Clementy havia deixat uns anys l'exercici de l'advocacia, per dedicar-se en exclusiva a ser conseller jurídic de diverses empreses constructores. Era com un trencaclosques: cada peça anava encaixant amb les altres.

Però calia completar el quadre.

Quan va tornar el xicot de les orelles sortides, vaig veure de seguida en la seva cara que la recerca d'empremtes no havia donat resultat. De fet, jo ja no en tenia gaires esperances.

—Segurament ha treballat amb guants, l'home –va dir el jovenet, mentre deixava el dard i la nota amb l'avís al meu davant.

—Malgrat tot, moltes gràcies.

—Què vols intentar, ara? –inquirí en Karl Hauf, mentre tamborinejava amb el tallapapers sobre la base de l'escriptori.

—Doncs llogaré una casa de vacances.

—Has de parlar amb aquests enigmes?

Em vaig posar dempeus.

—Cap enigma, Karl. Em sembla que en Clementy ja s'ha venut la pell de l'ós abans d'haver-lo capturat. Ho entens?

Va mormolar alguna cosa per a si mateix: que no havia entès ni un borrall, que el seu peix de colors s'explicava millor que jo, i coses per l'estil. Va dir com a comiat:

—Luc, si en el fons d'aquest assumpte hi ha alguna cosa del cert, no facis res pel teu compte. Ets massa gran per fer l'indi. La lluita contra els malfactors és cosa de la policia, i tu...

Li vaig donar un copet amical a l'espatlla en acomiadar-me'n, i vaig recollir les meves coses. El fax no parava d'imprimir missatges per al departament. Jo sabia que havia estat interrompent en Karl Hauf prou estona.

A la sortida vaig trobar el director de la policia:

—Home, Lucas, digui'm que tornarà amb nosaltres! Li farem un lloc de seguida!

—No tan de pressa! –vaig deixar anar–. Potser més endavant. De moment m'ho munto bé amb els cavalls. Força bé, de fet –no vaig voler refregar-li pels nassos que la meva vida era, a més, força emocionant.

Al petit cafè de la Paula, al carrer Minoriten, vaig demanar un pastís de mel, un cafetó i una guia telefònica, i em vaig arraulir amb l'aparell rera el taulell. La Paula em coneixia d'anys. Feia temps que havia deixat de trobar estrany el que jo pogués fer.

I vaig començar a trucar a les agències de finques, per ordre alfabètic. Cada vegada els deixava anar el meu discurset, però era un fracàs rera l'altre. El temps se'm tirava a sobre. La majoria d'agències tancaven a les cinc, i encara anava per la H. Tenia la boca com un parrac de tant xerrar, i havia d'anar canviant l'auricular d'orella.

Amb la J vaig tenir sort. D'entrada no m'ho creia.

—Jüttemeier i Bosse –va anunciar una veu femenina i aflautada–, bona tarda. En què el puc servir?

—Em dic Oberhuber. M'interessaria una casa de vacances a la zona d'Eifel. M'han dit que vostès eren la firma més indicada.

—I tant! –va respondre la senyora de veu aflautada–. Li passaré la trucada al senyor Willibrot. Un momentet, sisplau!

L'aparell va emetre uns sorolls i s'hi va posar el tal senyor Willibrot, de veu profunda i ressonant com la de Santa Claus.

—M'interessa un xalet a la zona d'Eifel –vaig donar a entendre, tot pronunciant altre cop l'escaient nom d'Oberhuber.

—Sí, li podríem oferir algunes ocasions excel·lents, estimat senyor Oberhuber. Seria millor que acordéssim una cita per presentar-li una mostra de fotografies de la nostra extraordinària oferta de cases a l'Eifel. Si li va bé, el puc venir a visitar ara mateix.

—Oh, és que ara no em va bé, ho sento –vaig mentir–. M'estimo més venir al seu despatx. Demà o demà passat. Els voltants de Gerolstein em convindrien d'allò més. Que tindria res per aquell sector?

Va riure satisfet.

—No li he dit que som l'agència líder en cases de la zona d'Eifel? Li podem oferir pràcticament a tot arreu oportunitats de primera categoria. Gerolstein... Gerolstein... Sí, justament hi tinc alguna cosa a disposició. Només a un parell de quilòmetres de Gerolstein, en direcció a Neroth, sap? Hi ha actualment una urbanització meravellosa de segones residències en estil finlandès. Molt especials, li ho asseguro! Gens corrents. I, en confiança: a un preu excepcional. Estic ben segur que seria el més adequat per a vostè.

Jo ja tenia el gat al sac.

—He sentit a dir que pròximament es construiran xalets a Zettelhausen. La seva agència se'n farà càrrec?

—I tant! –va exultar. Havia pogut sentir el mateix to de convicció profunda en la veu de la dona que havia agafat el telèfon.

—Zettelhausen, sí, un punt solitari. Tot en pendent, al sud. Però s'hauria de decidir molt aviat, senyor... Quin nom m'ha dit?

—Oberhuber.

—Sí, és clar! De fet, senyor Oberhuber, hi ha una cosa molt exclusiva en projecte. Aquesta primavera hi edifiquem setze bungalows de sostre pla, amb totes les condicions. Hmm... per sucar-hi pa! –Feia petar la llengua de satisfacció–. El senyor Clementy està liquidant les darreres formalitats. Li ho asseguro: ja s'han venut catorze casetes! S'hauria de decidir immediatament, perquè d'altra manera no li podré garantir res. Vol que en prengui nota ara? Quaranta mil marcs a compte, i els cinquanta-cinc mil marcs restants els pot finançar en còmodes terminis. Què, doncs?

—Demà li'n diré alguna cosa –vaig dir ràpidament, i vaig penjar abans que el senyor Willibrot tornés a engegar la seva ben greixada maquinària de parlar.

Ja m'ho havia imaginat! La firma Jüttemeier i Bosse venia cases de vacances a Zettelhausen abans de tenir en propietat el terreny on s'havien de construir!

Probablement en Clementy havia fet empassar a l'agència que ell havia adquirit el terreny a la propietària força abans, mentre s'ho muntava per treure's de sobre la Milady. Però ara s'hi havia agafat els dits. I, empès pel pànic, en Clementy havia encarregat al pobre Musial que fes fora la Milady. Naturalment, li calia tenir l'enorme jardí de la senyora a qualsevol preu. No tenia cap més sortida. Si de fet ja hi havia catorze xalets venuts a Zettelhausen, era un negoci de molts milions, amb en Clementy pel mig. Si no aconseguia prendre el terreny a la Milady, estava en fallida total.

Havia d'enxampar en Clementy. I tocar-li el crostó, que s'adonés que els seus somnis de milions s'havien fos.

—El compte, sisplau! –vaig demanar.

La Paula comptà el cafè, el pastís de mel i trenta-set trucades. Mentrestant, vaig buscar a la guia l'adreça privada d'en Clementy.

Vivia al límit nord-oest de Colònia, a Müngersdorf, vora l'estadi. Vaig tombar des del carrer Aachen cap a un carreró tranquil, vaig tornar a girar a l'esquerra i vaig arribar davant del número 88 del carrer Zeppelin, un edifici de totxo vermell. En lletres de llautó a la paret del jardí, s'hi podia llegir *Clementy*. Al mig d'una esplanada de gespa ben cuidada, envoltada d'arbustos baixos, s'hi alçava una casa de dues plantes. En l'aire es notava una lleugera olor de llessamí. Vaig veure una finestreta oberta al costat de la porta d'entrada.

De sobte, entre unes petites alzines va aparèixer una senyora vella amb davantal de jardí i unes enormes tisores de podar rosers. Se'm va quedar mirant com si jo fos un marcià. Decididament, era una mirada hostil.

—Bona tarda! –vaig dir, tot traient-me el barret–. Tinc una cita amb el senyor Clementy. Que és a casa?

—No hi és! –respongué de mal humor la senyora, mentre feia anar les tisores entre les espinoses fulles dels arbustos–. El distingit senyor Clementy té assumptes a fer a l'Eifel. Transaccions parcel·làries de summa importància, ha dit. Però que em degui la paga de dues setmanes no li sembla gens important. Em sembla que ja se'l pot pintar a l'oli, perquè aquí no hi és.

Es girà i va desaparèixer rondinant en veu alta jardí enllà.

L'ocell havia volat!

Tenia assumptes a l'Eifel. Naturalment. Em va dominar una estranya intranquil·litat. Vaig clavar els esperons al Jonathan i vaig ficar-me entre l'espès trànsit del capvespre.

Quina en portava de cap, en Clementy? No em podia pas creure que ho hagués deixat córrer. Es tractava d'un munt de diners. Jo sabia per experiència que molta gent perd l'oremus quan hi ha guanys substanciosos gairebé a l'abast de la mà, i s'adona que ha mossegat més del que pot mastegar.

Veia en Clementy capaç de totes les canallades. Em vaig posar a xiular totes les cançons de moda que m'agradaven, però no va servir de res: aquell neguit no volia esfumar-se.

El sol, d'un vermell encès, es colgà rera el brancatge dels avets rojos i de les deveses en arribar a la granja. Als estables, els cavalls renillaven contents entre les menjadores plenes de civada.

Totes les finestres de la casa estaven il·luminades.

Què significava, això?

7

En Martin està en perill

ESTAVEN asseguts a la sala d'estar, a la taula gran. La Do, la senyora Zetschke, el doctor Kessler, la Nati i en Titus. La Nati plorava, i la Do tenia la cara ben blanca.

En Martin no hi era!

El meu neguit, el meu estrany pressentiment... era això! Déu meu, què havia passat?

—Ha segrestat el noi –digué en Titus, encès, i mirant-se els punys closos–. Si agafo aquest malparit...

Em vaig mirar de calmar, tot i que notava com em venia la suor.

—Per ordre! Què ha passat?

—Qui... qui s'ho hauria pensat del senyor Clementy! Tot... tot és culpa meva. Em fa... em fa vergonya. Jo... –la Milady no podia continuar parlant. La veu li fallava.

Vaig posar la mà sobre l'espatlla de la Do. El seu cos tremolava com si tingués esgarrifances.

—Què ha passat? –vaig tornar a preguntar.

Pel que semblava, el doctor era qui tenia els nervis més controlats.

—En Clementy ha segrestat en Martin i el reté amagat en algun lloc. Fa unes dues hores que ha trucat. Si avisem la policia, el noi està llest, ha dit. Ben bé que ho ha dit. I que tornaria a telefonar, perquè voldria arribar a un acord amb vostè, Luc. A sobre s'ha permès avisar-lo que no tolerarà intromissions. I que, ara que té el noi amb ell, no tindrà cap pietat. Maleït gos!

—El faré a miques! –remugava en Titus.

—Tot és culpa meva –repetia la Milady, abatuda.

La Do exclamava:

—Vull que em tornin el nen! Només vull que em tornin el nen!

En això s'hi notava un cert greuge. Un greuge contra mi. Sí, no m'havia de carregar part de la culpa, almenys? Si no m'hagués pres l'assumpte tan a la lleugera... No hauria d'haver avisat de seguida la policia? Per altra banda, què tenia jo, abans de comptar amb proves evidents contra en Clementy? Havia estat de bon principi un cas policial? Però ara, ara tota la jugada se m'havia capgirat. Volia parar una trampa a en Clementy, però ell se m'havia avançat, tenia tots els trumfos i havia convertit el seu perseguidor en titella. Tenir les mans lligades d'aquesta manera gairebé em feia perdre el seny.

—A en Martin no li passarà res –vaig dir, i em va costar reconèixer la meva pròpia veu.

Altra vegada em cridà l'atenció el penetrant tic-tac del rellotge. Em va fer adonar de manera burlesca que el temps s'escolava mentre jo romania inactiu, sense poder emprendre res. Res.

Però què volia aconseguir en Clementy?

El doctor féu la mateixa pregunta:

—Què vol aconseguir aquest individu amb el segrest? S'ha tornat boig del tot!

Boig: era aquesta la paraula clau? Com a jurista, en Clementy havia de saber molt bé que un tracte sota imposició seria nul, inútil. Fins i tot si la senyora Zetschke li fes la venda ara mateix, pagant bitllo-bitllo, aquesta operació podria ser declarada ineficaç, un cop en Clementy fos desemmascarat. Quina una en tenia pensada? El fet que es comportés de manera tan irracional denotava la seva terrible por. I les persones dominades pel pànic són extremament perilloses!

—La seva actuació és impredictible –vaig dir–. Perquè s'hi juga l'existència. Ha venut ja diverses vegades el terreny de la senyora Zetschke tot i que aquell tros ni tan sols li pertany. –Llavors vaig informar-los del que havia descobert a Colònia.

—Pot... pot comprar la meva casa i el meu jardí! Amb els diners potser podré pagar-me una petita caseta en algun lloc. –La Milady s'havia aixecat i em mirava de manera febril.

—Jo tinc la culpa de tot. Si vengués de seguida, en Martin quedaria fora de perill. –I afegí, lentament–: Però m'estimo tant el meu jardí...! No em queda res més.

—No –vaig continuar–, vostè no en té cap culpa, senyora Zetschke. És ell qui vol apoderar-se de la seva propietat de manera indeguda. És clar que sí. I no hi té cap dret. Si algú en té la culpa, aquest sóc jo. Hauria d'haver sabut que en Clementy és perillós, i que s'ho jugaria tot a una carta. L'he subestimat. Aquest ha estat el meu error, senyora Zetschke, no pas de vostè.

—Però què farem, ara? –preguntà la Do, intentant amb un esforç no xisclar.

La vaig comprendre. Jo també m'esforçava per no fer-ho. No sabia pas què dir-li. Potser: hem d'esperar, i tenir paciència, o alguna cosa per l'estil?

Aleshores la Nati va explicar:

—Ens hem encarregat de la Mi... ah, de la senyora Zetschke. Tal com havíem acordat. Llavors... llavors ha sonat el telèfon i en Martin hi ha anat. Però era una trucada per a la senyora Zetschke. L'hem anada a buscar, però hem... hem escoltat una mica d'amagat, perquè volíem saber què passava. La senyora Zetschke ha sortit de casa, perquè es volia trobar amb aquell home. Amb l'home que havia trucat per telèfon. Nosaltres, però, ens hem posat a seguir-la, en Martin i jo. Ho hem vist tot. Com la senyora Zetschke sortia del pati, cap a la carretera, i com anava mirant al seu voltant tota l'estona. Ens hem amagat entre els arbustos i ens hem avançat, però sense que ens pogués veure ningú. Aleshores...

La Nati va plorar altre cop.

—Continua, Nati! –vaig demanar–. Què més?

—Aleshores... s'ha parat de sobte un Mercedes, un de color crema. N'ha baixat un home que s'ha posat a parlar amb la senyora Zetschke.

—Era el senyor Clementy –va dir la Milady–. Volia que signés allà mateix el contracte de compra-venda. Ja m'havia dit per telèfon que era qüestió de vida o mort, i que ningú no havia de saber que m'havia trobat amb ell. Jo no sabia que els nois m'havien estat seguint! Jo volia preguntar al senyor Clementy per què era qüestió de vida o mort, i per què tot havia de resultar tan misteriós. Jo no ho entenia. Però en aquell moment...

—Sí, en aquell moment ha sortit corrent de sobte en Martin, des dels arbustos! –afegí la Nati–. En Martin ha exclamat que la senyora Zetschke no havia de signar res de res, i que ho explicaríem tot al nostre pare. I que el senyor Clementy era un estafador, li ha dit també. Llavors aquell home li ha clavat un mastegot, però en Martin no s'ha deixat tombar. S'ha defensat molt bé.

—No hi he pogut fer res –somicà la Milady, i va córrer a la finestra. Va mirar a fora. Els darrers raigs de sol magnificaven el paisatge. Sense girar-se, digué–: Ha anat... ha anat tan ràpid, tot. De sobte, el senyor Clementy ha tombat en Martin. Amb un cop de maletí. M'ha escridassat i m'ha dit que la seva paciència havia arribat al límit i que ara adoptaria altres mètodes. Ha empès en Martin a dins del cotxe i ha sortit volant.

—Ha tombat en Martin! –En Titus s'agitava per tota l'habitació com un búfal furiós–. Això ho pagarà molt car!

—Calma! –vaig manar–, ara, calma! Sentiu?

—Calma? –La Do plorava i reia a la vegada–. Calma? No saps res millor per dir? –Va tapar-se la cara amb les mans.

Tic-tac, tic-tac, feia el rellotge, com si no tingués res més important a fer. No havia de perdre el cap. Això hauria estat el meu pitjor error. Com a mínim havia de dominar els meus nervis, per més que em costés.

Alguns caça-reactors tronaven per sobre la casa. A Bitburg hi havia un aeroport de la Força Aèria dels Estats Units. Ja ens aclaparaven prou amb

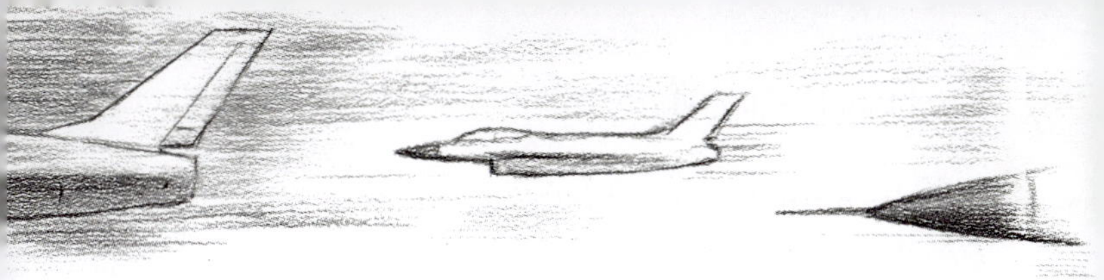

els seus vols d'exercici. Havien de fer escàndol pels voltants precisament ara? La casa gairebé tremolava amb el seu soroll.

Aleshores va sonar el telèfon al rebedor.

Tot i el bram dels avions, que eixordava les orelles, el van sentir tots. Ningú no va dir un mot. Em miraven com si em volguessin dir: ara ve per tu.

Vaig sortir de l'habitació i vaig despenjar l'auricular. Abans que pogués dir el meu nom, vaig fer un descobriment sensacional. El mateix brogit dels caça-reactors que sentia damunt meu es percebia també per l'auricular. Només podia significar una cosa: que en Clementy era molt a la vora!

—Lucas –vaig dir.

Sí, a l'altra banda hi havia en Clementy. La seva veu sonava agitada i histèrica.

—Vostè no em destrossarà els plans, Lucas! –cridà agudament–. Ho tinc molt ben organitzat. Però vostè ha de ficar el seu llarg nas de perdiguer en coses que no li importen ni un rave! Per què no ho deixava córrer, eh? Ara ha de carregar amb les conseqüències. En cas que vulgui recuperar el seu fill sa i estalvi, faci exactament el que li diré. Té...

—Escolti –vaig interrompre.

—No, escolti vostè! Es tracta d'un negoci sensacional. I l'aviso per darrer cop. Aquest negoci ha de rutllar. No em puc permetre que al final se'n vagi a fer punyetes! –Va esclafir a riure.

—No –vaig dir amb tanta calma com vaig poder–. Realment no pot permetre's que el negoci peti. Si estic ben informat, vostè ja no està en condicions ni de pagar el sou a la seva majordoma.

Va rebufar. La remor dels avions es perdia en la distància. Però la veu d'en Clementy mantenia el mateix to agut en preguntar:

—I d'on ho ha tret, això, bugadera?

—Vaig parlar-ne amb ella, ves.

—Vaja, és interessant, això!

Era convenient que l'irritès així? Potser sí, potser no. Volia mantenir-lo parlant. El volia cargolar tant com pogués. I volia guanyar temps. El meu cervell treballava a tota màquina.

—Justament també he parlat amb un alegre personatge anomenat Willibrot, de la casa Jüttelmeier i Bosse. Que també li interessa, això?

Va tossir. Vaig sentir remor de cotxes de fons. Probablement parlava des d'una cabina a l'aire lliure.

En Clementy digué:

—Ara ja sap com està l'assumpte. No hi tinc res més a perdre. I vostè no em deturarà, Lucas!

—Vull parlar amb el meu fill –vaig reclamar secament.

—Això no –respongué tallant–. He dut el noi a un lloc segur. Potser es pensa que he de portar el seu angelet de la maneta a passejar?

—Si al noi li passa la més mínima... Li dic, Clementy, que aleshores...

—Pari ja d'amenaçar amb bajanades! –xisclà–. Faci el que li diré i al noi no li passarà res. Si actua contra les meves disposicions, llavors... ja veurà. –Rigué de tal manera que em va fer posar la pell de gallina.

—I de què van aquestes famoses disposicions seves? –vaig inquirir.

—Primer: deixi la policia fora d'aquest joc i vostè tampoc no s'hi fiqui. Segon: ocupi's que la senyora Zetschke accepti el contracte de compra-venda que rebrà demà per correu. Tercer: encarregui's personalment que la senyora estigui asseguda demà al tren del migdia que va cap a Colònia. Jo hi pujaré en algun lloc del trajecte. Hem de validar el nostre contracte davant d'un notari. Tot s'ha de fer segons les normes, oi que sí? I una altra cosa: la senyora Zetschke hi anirà sola! Vostè se'n mantindrà apartat.

—I què en trec, jo?

—Què en treu? Vaja quina gràcia. Doncs que vostè recuperarà el seu fill. –Tornà a emetre aquella rialla fastigosa–. S'estima el seu fill, oi?

—Quan? –vaig preguntar–. Quan recuperaré el meu noi?

—Exactament quan jo ho consideri convenient. Diguéssim, en vuit dies. Sempre que vostè sigui prou assenyat com per seguir exactament les meves disposicions! –Ell ja havia penjat el telèfon però encara em semblava estar escoltant el seu riure.

Així que no era tan ximple com jo havia pensat al principi!

—Luc! –va cridar la Do–. Què ha dit? Sisplau, què hi ha d'en Martin?

—Estigues tranquil·la, Do. –Vaig dir-li–: Em sembla que de moment en Martin no està en perill. Deixa'm una mica de temps. He de reflexionar. He de pensar com sigui.

—Reflexionar? –la veu de la Do augmentà d'intensitat–. Hem de fer alguna cosa, Luc! Hem de fer alguna cosa ara mateix. No puc admetre que aquest individu fastigós retingui el nostre nen!

—Farem alguna cosa –vaig remugar–. Alguna cosa en què puguis confiar! Però he de pensar-hi primer. No ens podem permetre cap més error. Cap més, ara.

La Milady havia envoltat la Do amb el braç i mirava de consolar-la. El doctor també li parlava calmadament. La Nati es refregava el nas amb la màniga del jersei.

No, en Clementy no era tan ximple com jo havia cregut. Volia guanyar vuit dies. Temps de sobres per fugir a l'estranger. Sabia, igual que jo, que el contracte no tindria valor. Però tenia en Martin en el seu poder i podia obligar-me a mi i els altres a tancar la boca. Enviaria el contracte a l'agència que treballava amb ell. Els de Jüttemeier i Bosse no tindrien cap motiu per dubtar de la realització legal d'aquest document. ¿No havia indicat feia temps el senyor Clementy que s'encarregaria d'un proper tancament de contracte? I tant!

Però ara venia el més important de la qüestió. L'agència enviaria de seguida a en Clementy, a la recepció del contracte, la seva comissió com a mitjancer. Quin tant per cent seria això? Jo no en tenia ni idea, però estava segur que en Clementy ja s'hauria preocupat d'embutxacar-se una porció adequada del pastís, en aquest negoci. Dos-cents mil marcs? Tres-cents mil? En tot cas, els diners necessaris per poder desaparèixer rumb a l'estranger. Estava clar que era la primera vegada que actuava a la República Federal. Però el seu delicte es descobriria quan hagués tocat el dos, quan ell i els diners haguessin deixat enrera el país.

Però, ho podia tolerar, jo?

I aquí venia una altra qüestió, encara més important. Podia deixar en Martin durant vuit dies en poder d'un home que no es deturava per res? Ho suportaria, en Martin? La por? La incertesa? I la Do, com s'ho prendria? La Nati no perdria els nervis, amb tot això? I jo mateix, em podria estar sense fer res, quiet i esperant? No, no podria, i tampoc no ho volia.

Hi havia una altra cosa, a més: no es podia confiar en aquell home. Qui ens garantia que, si el seu pla funcionava, deixaria lliure en Martin al cap de vuit dies? Potser l'agència enviaria els diners a un compte estranger. No podria ser que en Clementy marxés a un altre país de seguida? Què passaria aleshores amb en Martin? No podia endur-se'l de cap manera, naturalment que no. Però tampoc no el podia deixar anar, perquè la policia se li tiraria al damunt. La Interpol el buscaria immediatament.

Què li passaria a en Martin?

M'esfereïa pensar-hi... En Clementy havia de desfer-se d'en Martin sense deixar-lo lliure realment. Era una idea esgarrifosa, però d'un segrestador ho podia esperar tot. Mentre creguéssim que en Martin estava en el seu poder, no emprendríem res. Però ell, ell podria trobar-se a l'altra banda de món, mentrestant. Amb els diners a la butxaca es faria un tip de riure de la jugada que m'havia fet.

No, no tindria cap consideració vers en Martin. No pas ell!

En Titus s'havia posat al meu costat. De moment no me'n vaig adonar.

—Què passa, doncs? –va demanar-me.

—Em sembla que té en Martin amagat molt a prop d'aquí –vaig contestar–. Els caces d'abans, els he sentit també pel telèfon. Vol que la senyora Zetschke vengui perquè ell podrà embutxacar-se la comissió. Mentre tingui en Martin, no podem impugnar la venda del terreny. Quan siguem capaços d'emprendre alguna acció, ell ja serà a la quinta forca.

—Però no hem de deixar en Martin en mans d'aquest indesitjable! –En Titus m'agafà fort de la jaqueta i em clavà els ulls. En la seva cara es reflectia una salvatge determinació.

—No, no ho podem pas fer, això.

—Però alguna cosa hem de fer, maleït siga! I ben aviat!

—Tinc una idea. Espero que sigui bona. Sembla que en Clementy no es troba pas gaire lluny d'aquí. No és del tot segur, però sí probable, que en Martin estigui amb ell. He sentit els avions amb una orella i amb l'altra, la que tenia a l'auricular, al mateix temps, de manera que el telèfon des d'on ell parlava ha d'estar a uns deu quilòmetres com a molt, no?

—És cert –confirmà en Titus.

—Si, per una banda, admeto que la conversa ha tingut lloc des d'una cabina telefònica, per altra banda sé també que als pobles dels voltants no hi ha cap telèfon públic al carrer...

En Titus assentí enèrgicament.

—Aleshores hem de concloure que en Clementy ha trucat des de Gerolstein. Això queda dins d'aquests deu quilòmetres.

—I a Colònia he descobert encara una altra cosa.

—Quina?

—L'agència amb la qual actua en Clementy construeix xalets a l'altra banda de Gerolstein. A la zona de Neroth. Ja estan força acabades, aquestes casetes, i s'ocuparan aquest mateix estiu. En Clementy no es pot amagar amb en Martin en un hotel. Però en un d'aquells xalets...

—És clar! –cridà en Titus–. És allà on deu ser! Vaig a reclutar els mossos i en farem xixines, d'aquell desgraciat!

—Doncs això és justament el que no farem, Titus. Si hi anem amb un exèrcit, reaccionarà amb pànic. I què li passarà a en Martin, llavors? No, hi vaig tot sol.

—Jo també vinc! –En Titus pot ser tan tossut com una mula, i no hi havia res a oposar-hi.

—Molt bé –vaig decidir–. Doncs posem-nos en camí ara mateix. Ja sap que pot resultar perillós.

En Titus em va mirar amb menyspreu:

—Que no és perillós per a en Martin, també? –Ja he dit que en Martin i en Titus eren grans amics. Què en trauríem, de parlar?

—Què vols fer, Luc? –preguntà la Do.

—Me'n vaig amb en Titus i, si hi ha xamba, tornarem amb en Martin. Desitja'ns sort.

—Ja ho faig –rigué la Do entre llàgrimes–. I vigileu, eh?–. No va preguntar res més. No hi havia temps per a això.

—Ho farem –li vaig dir–. I si el telèfon sona, deixa'l sonar, entesos? Que ningú no em toqui el telèfon!

—Que vol jugar a lladres i serenos? –preguntà el doctor.

Vaig fer com si no l'hagués sentit.

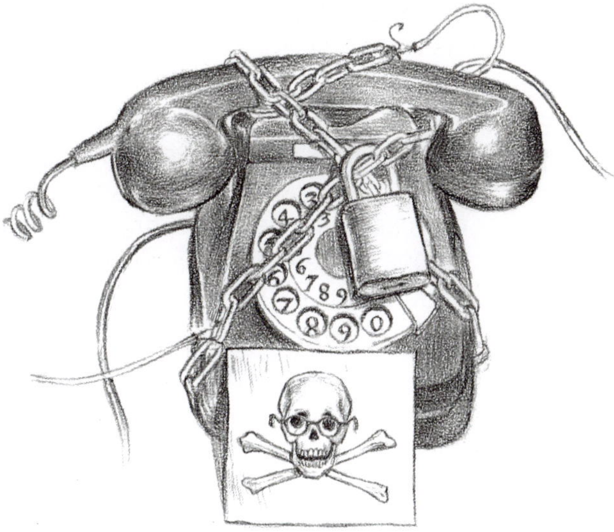

8

La nit decisiva

DE lluny, les cases de fusta, com capsetes, es retallaven en l'horitzó des del fons de la vall fins al pendent de la muntanya, i semblaven de joguina. El vent remorejava en l'herba. Una escassa llum de lluna, de color de sofre, apareixia rera una entintada massa de núvols.

Havíem aparcat el Jonathan uns dos o tres quilòmetres enrera i ens aproximàvem, fent àmplies giragonses en les ombres del sotabosc espès, a la urbanització de casetes. A l'est, rera la següent cadena de turons, brillaven un parell de llums del poblet de Neroth. Però entre les cases de fusta tot era fantasmagòricament fosc i silenciós.

—Almenys hi ha una cinquantena de cases, refot! –se sorprengué en Titus, que feia sentir les seves passes rera meu en el pendent–. En quina s'haurà amagat?

—En cas que s'hagi amagat per aquí! –vaig fer-li veure. Tot era una pura suposició meva, i no teníem ni l'espurna d'una prova que en Clementy s'hagués aventurat per aquí amb en Martin. Tanmateix, no hi havia moltes coses que ho feien creïble?

Posat que en Clementy fos aquí, en alguna banda, no hauríem de trobar el seu cotxe? Havia vist una vegada l'advocat, a la casa de la Milady. No em va semblar un home robust. No podia creure que hagués arrossegat en Martin durant gaire tros. De fet, en Martin pesava més de quaranta-cinc quilos. I segurament s'havia defensat.

Ens calia buscar el Mercedes.

Si en Clementy havia trucat des de Gerolstein, primer devia haver amagat en Martin en algun lloc. Lligat. Probablement també emmordassat, que el noi no pogués cridar. Vaig mirar de no pensar-hi.

—No hi ha cap drecera que dugui a aquesta urbanització? –preguntà en Titus.

—Ni idea. Però bé han de deixar el cotxe en algun lloc, els estadants. Provem més amunt!

El terreny es va tornar més abrupte. Vam fer-nos-hi de valent, panteixant entre els arbustos. A la nostra dreta hi havia la zona de cases. A pesar de la tènue llum, ho podíem observar tot amb força claredat. Ni un moviment enlloc. Res.

—Si almenys en Martin estigués bé! –sospirà en Titus.

Jo tenia el mateix pensament.

Aviat vam arribar a la carena. La urbanització quedava de través a sota nostre. Vam aturar-nos a l'ombra dels petits bedolls aïllats, que es veien plantats recentment. Sota la sola de la sabata, vaig notar-hi sorra. Era aquí l'aparcament?

En Titus s'havia entaforat una mica més lluny. De sobte es va sentir un so fosc i metàl·lic, i vaig sentir en Titus renegar en veu baixa.

—Cap aquí! –va xiuxiuejar en Titus.

Em vaig afanyar a anar cap on havia sentit la seva veu. Un objecte fosc, que es destacava a mitja alçada dels arbustos, i que gairebé no es reconeixia en la tenebra, s'alçava davant meu. En Titus estava assegut a terra i es fregava el genoll dret.

—Hi he topat!

—Què és això?

—El cotxe.

Vaig temptejar amb les mans i vaig notar el tacte d'una lona aspra. Però a sota hi havia metall! En Clementy havia camuflat el seu cotxe, de color clar, perquè de dia no fos descobert de lluny.

Em va dominar com una mena de febre de la cacera. Vaig enretirar la funda del Mercedes i vaig il·luminar amb la llanterna l'interior del cotxe. Érem a la banda oposada de la carena i ningú no podria veure el feix de llum des de les casetes. En Titus s'incorporà.

—Hi ha brutícia al seient del darrera –indicà en Titus–. Restes de fang.

—Sí, segurament de les sabates d'en Martin. Anem per bon camí!

—Ara va de bo! –deixà anar en Titus amb decisió.

Sí, ara anava de bo. Ara es decidia tot.

No havíem de posar en Martin en perill de cap de les maneres, i això complicava la situació.

Era clar que havien d'estar en algun dels xalets. Però en quin? De segur que en Clementy disposava d'una clau mestra que li donava entrada a totes aquelles cases.

Ens vam arrossegar de quatre grapes fins al límit de la carena. Les cases de fusta, separades les unes de les altres per una vintena llarga de metres, semblaven vaques gegantines que reposaven de nit en una immensa pastura.

En quina casa es trobava en Martin?

De cop vaig veure un rastre en l'herba humitejada per la rosada. Una línia irregular que seguia avall pel pendent i que es perdia en un terraplè polsós.

Vaig tustar en Titus:

—Allà! Potser ha arrossegat en Martin!

—Si li ha passat res a en Martin, ja pot preparar el testament, aquell!

—Xxt! Cal estar en silenci. Vingui, seguirem el rastre.

Pas a pas vam anar seguint avall, silenciosament. Feia estona que teníem les sabates i els pantalons molls. El rastre sinuós portava a una casa d'alçària mitjana, situada entre les altres.

És aquí, doncs!

Els porticons eren tancats. Res no indicava que hi hagués gent a l'interior. I tanmateix jo n'estava particularment segur.

Podíem moure les fustes exteriors amb les mans. Amb compte, vaig posar l'orella contra el revestiment de la finestra.

De moment només vaig sentir la meva pròpia sang, que bategava a les artèries. Vaig respirar a fons per calmar-me.

Allà. Un murmuri confús. Una veu profunda i plena d'ira. Després, una veu excitada, que va sonar més clara i que em resultava més que coneguda. Gràcies a Déu! En Martin responia amb insults!

Lentament vaig anar entenent-ne fragments:

—...Merdós, covard... si em puc escapar... vostè i les seves miserables mentides... –Després va venir un reguitzell d'insults amb totes les exquisides expressions que en Martin havia après a l'escola. En vaig poder sentir unes quantes–: Derivat mental, cap d'estornell, esclafaterrossos, curt de gambals... –Malgrat tot, em van venir ganes de riure.

Després, la veu d'en Clementy. Perversa i ressonant...

—Si no tanques aquesta boca, te la tancaré jo, mocós!

—Bah, quan el meu pare l'enxampi... –vaig sentir que en Martin deia–. Sempre ha estat un fenomen. Em traurà d'aquí de totes maneres. De segur que em trobarà. I llavors...

Un fenomen. Amb el temps, la mainada t'aplica apel·latius al seu gust. Però això de «fenomen» era nou per a mi.

A dins es van sentir sorolls de cops. En Martin cridà.

—L'està colpejant! –murmurà excitat en Titus.

—Hem de fer sortir en Clementy! –vaig replicar–. No podria vostè imitar un gos, Titus? La Nati m'ha dit que sap imitar animals!

—No, no en sé pas.

—Vinga, provi-ho! Ara és un gossot afamat que ronda per fora la casa i busca alguna cosa per endrapar. Vinga, faci-ho!

En Titus passava angúnia. Sabia que si ho espifiava la cosa es posaria malament. Però agafà ànims i es posà a udolar.

—Huauuuuu! Houuuuuu! Uahuauuuu! –L'efecte era esborronador. En Titus se'n sortia meravellosament. Amb el cap cot voltà la caseta, fent com si gratés i ensumés.

—Silenci! –vaig sentir la veu d'en Clementy–. Silenci, bordegàs! Hi ha alguna cosa! Hi ha... hi ha un gos a fora! Maleït siga, només em faltava això!

—Uauuu! Uauuuuu! –udolava el *gos-Titus.*

Què faria ara en Clementy? Un gos vagarós que havia descobert gent al xalet, i que pidolava manduca: això comportava un gran perill per a en Clementy, perquè el gos tornaria altres vegades. I els pagesos potser se n'adonarien. O el guarda forestal vindria a fer-se'n càrrec. Als forestals no els agradaven els gossos furtius a les proximitats del bosc. Potser hi havia algun administrador a la urbanització que vivia a Neroth i que hi anava regularment a veure si tot estava en ordre.

No, en Clementy no podria tolerar de cap manera un gos bordant davant de la casa. Se n'havia de desfer.

M'havia esmunyit cap a la caseta i havia pres posició al costat de la porta. Calma –em vaig mentalitzar–, ara calma! No s'ha de fer res precipitadament!

En Titus udolava i ensumava sense parar.

Les veus a la casa van pujar de to. Evidentment, en Martin havia irritat altra vegada el seu vigilant, perquè en Clementy proferia amenaces sense solta ni volta. Després, unes passes. S'apropaven a la porta.

Una balda es mogué amb un grinyol. Amb una lentitud indescriptible la porta s'obrí. Es va veure una mà, i una cara angulosa aparegué a fora. Ara tenia en Clementy al meu abast, i era una sensació fantàstica.

Però en Titus se m'avançà. Amb un salt va ser allà, aixecà la seva poderosa còrpora davant d'en Clementy i es disposà a clavar-li un cop.

—Això és pel segrest! –bramà.

Vaig agafar-lo pel braç.

—Gens de violència, Titus!

Però jo mateix vaig haver d'usar la violència. En Clementy en va tenir prou amb un moment de pànic per entendre la situació. Vaig veure brillar el metall del seu revòlver i, com un llamp, vaig escombrar-li la cama amb una clau *harai-goshi* de judo. El revòlver va volar per l'aire. Amb un crit, en Clementy va caure de genolls i es colpejà fortament la cara.

En Titus ja era al seu damunt.

Vaig apartar la porta d'un cop i vaig entrar rabent a la casa. A la llum de la llanterna vaig veure en Martin. Estava lligat amb cordes a una cadira.

—Home, per fi! –En Martin parlava amb una veu especialment rogallosa i s'esforçava per no cridar.

Vaig il·luminar-li la cara, embrutada de sang. Quin covard que estava fet, en Clementy! Colpejar un nen indefens! Sabia que no estava bé, però en aquell moment no em dolia gens la pallissa que li propinava en Titus. Vaig tallar les cordes amb la navalla de butxaca.

—Ja era hora! –es queixà en Martin, mentre es fregava les macadures i sangtraïts dels canells–. No n'he tingut gens, de por –va dir, desmenjat–. Ni un moment. Sabia que em vindries a buscar. De veritat...

Semblava que parlar li feia bé. A poc a poc la tensió cedia, i aleshores vaig veure un parell de llàgrimes a la llum de la llanterna. Això era bo!

—Si no m'hagués posat a la cara no sé quina cosa rara –digué en Martin amb veu tremolenca–, mai de la vida no m'hauria deixat K.O. I un rave! Feia una olor com d'hospital, allò, saps?

—Sí, ja –vaig dir, mentre l'ajudava a posar-se dempeus. Segurament en Clementy havia usat èter per atordir-lo.

A fora, en Clementy xisclava com si l'escorxessin.

—Prou, Titus! –vaig cridar–. Porti'l a dins!

Sobre la taula vaig descobrir un llum de petroli i vaig encendre'l. Una agradable aroma a fusta i a fum em va omplir el nas. Quin mal ús que es podia donar a un xalet tan bufó com aquest!

Panteixant sorollosament, en Titus va empènyer el gemegós Clementy per la porta.

—Ara sí que té un bon aspecte, després de l'estovada, covard! –li etzibà en Martin.

Els ulls d'en Clementy estaven gairebé tancats, i les marques vermelles als pòmuls mostraven que en Titus li havia fet de tot menys afalacs. La seva gavardina clara estava xopa i enfangada.

Quan en Clementy va dirigir la mirada al seu maletí, sobre un banquet, vaig dir:

—Millor que l'agafi jo, estimat senyor advocat. Vostè no el necessita més. El seu joc s'ha acabat definitivament.

—Vostè... vostè no pot... provar res en contra meva...!

Què podia respondre a aquesta ximpleria sense sentit? Era millor no dir res.

—Vinga, avisi la policia des del poble! –vaig dir a en Titus–. I truqui també a la Do, eh?

—És clar –assentí en Titus–. I amb ell, ja s'arreglarà tot sol?

—I tant –vaig riure, mentre passava els dits pel revòlver d'en Clementy, que havia recollit a fora.

—A més, jo també sóc aquí! –anuncià en Martin, mentre brandava amenaçadorament la pota d'una cadira. D'on l'havia treta, tan ràpidament?

En Titus s'endinsà en la nit. A part dels gemecs d'en Clementy no se sentia res més.

—Tu estàs bé del tot? –vaig preguntar a en Martin al cap d'una estona.

—És clar –va respondre–. Les bufetades de mosquit d'aquest nyicris no m'han afectat pas gaire, home!

Li vaig passar un mocador.

—Què n'he de fer, d'això? –va preguntar en Martin, recelós.

—Tens una mica de sang a la cara.

Sang: això va semblar tranquil·litzar-lo. Per primer cop va eixugar-se, dissimuladament, les llàgrimes dels ulls. Vaig fer com si no ho hagués vist. En Martin endreçà el mocador a la butxaca del seu anorac.

En Clementy estava assegut, encorbat, a la cadira on, minuts abans, en Martin estava lligat. Jo no el perdia de vista ni un moment.

—No pot provar res contra mi –repetí en Clementy al cap d'una estona. Però semblava que ho digués més per ell que no pas per mi.

—Vostè és un bromista –vaig riure–. Segrest, xantatge, maltractament, amenaça, estafa immobiliària... Podem parlar d'un bon grapat de nimietats! Noi, no voldria pas estar a la seva pell!

A partir de llavors en Clementy no va dir ni una paraula més.

La porta era oberta. Abans que es pogués sentir la sirena del cotxe policial ja n'havíem vist la llum blava.

Tot va anar molt de pressa. Em va deixar atònit saber que la Do havia avisat molt abans la policia i que els agents només van haver d'esperar el meu avís. N'havien vingut tres. Unes manilles van encerclar els canells d'en Clementy. Es va quedar mirant-les com si no s'ho acabés de creure.

—Enhorabona! –em va dir un dels agents–. Sóc el sergent en cap Wetterstein. He sentit moltes coses de vostè, senyor comi... ehem, senyor Lucas. L'ha capturat netament, aquest! Bé, ara hem de prendre-li la matrícula a aquest ocellot. Pot venir demà, d'hora, a fer una declaració?

—Naturalment –vaig dir.

—Jo també hi aniré! –exclamà en Martin.

—Doncs sí, cal que vinguis –indicà el sergent en cap Wetterstein–. El teu testimoni és de la més gran importància!

Els policies es van endur en Clementy. Vaig encendre un cigar. Buff!

Més tard, mentre el Jonathan ens carretejava cap a casa, en Titus va posar el braç sobre l'espatlla d'en Martin i digué:

—Noi, t'has portat com un valent, rediantre!

Em sembla que aquest elogi d'en Titus féu créixer en Martin un mínim de deu centímetres.

Vam arribar a la granja. La Do, la Nati, la Milady, el doctor, en Paps Zuckermann i altres treballadors eren a la porta, gesticulant i rient. En Martin s'havia tornat vermell de confusió.

La Nati cridava per sobre dels altres:

Grüß Gott
IZEI
RP

—Martin! Martin! La Sul·la ha estat de part. Ha tingut bessons!

I en Martin va saltar del cotxe com un llamp per córrer cap als estables. Quines coses!

La Do es quedà absolutament desconcertada.

—Martin! –exclamà, rient i plorant–. Martin! Vine amb mi!

Es va posar a córrer rera en Martin, i tots la van seguir. Era com un carnaval. El doctor fou l'únic que s'havia quedat quiet, brandant el cap sense parar.

—Faran que els cavalls s'espantin! –gemegà, i arrencà a córrer rera els altres.

Seria una nit llarga.

Vam conversar i riure. Tothom tenia molt a explicar. Especialment en Martin, és clar. Assegurava que, com a màxim en una hora, s'hauria lliurat ell tot sol de les cordes.

—I aleshores li hauria arrencat la pell, a aquell miserable.

Sort que la cosa no havia arribat a aquest punt! La Nati no tenia prou ulls per al seu germà gran i el posava pels núvols, cosa que a ell semblava agradar-li força.

A poc a poc els nervis es van relaxar. De sobte, en Martin va deixar caure el cap al respatller de la butaca i començà a roncar. El vaig dur, amb compte, al seu llit.

Vaig estar-me assegut tot sol, vetllant, mirant per la finestra i esperant que sortís el sol. Els primers ocells començaven a refilar.

Quan vaig sortir, reposadament, a fer un tomb pel pati, vaig tenir una sorpresa. Un home s'esperava davant la porta. En Jupp Musial!

—Jo... voldria disculpar-me –rigué tot confús–. Per totes aquelles criaturades que he fet. Fer el fantasma i tot allò. Jo...

—Les aparicions s'han acabat. Hem arreplegat el seu misteriós organitzador. Oblidi's de l'assumpte però tregui'n una bona lliçó!

—Em denunciaran, ara? –preguntà en Musial amb un fil de veu–. Hauré de tornar a la garjola?

Vaig fer que no amb el cap.

En Musial, aquell escanyolit lladregot de cara esprimatxada, va oferir-me la mà i digué fluixet:

—Gràcies.

Vaig fer-li una encaixada.

—I doncs, què farà ara, Musial?

—No... no ho sé pas. Potser trobaré feina en algun lloc. Però amb els meus antecedents... –va interrompre's.

—S'entén bé amb els cavalls? –vaig preguntar.

—Els cavalls? I tant!

—N'hauré de parlar amb la meva dona i amb l'encarregat de les estables. Podria ser que tinguéssim un lloc per a vostè aquí a la granja.

—Home! –en Musial inflà les galtes–. Seria genial! De veritat, seria molt bonic. Una feina com cal...

De les estables pujava una penetrant flaire d'amoníac. M'agradava aquella olor. Tot respirava alegria i tranquil·litat. Nuvolets d'aquells que en diuen cabretes flotaven per sobre dels boscos. Tindríem pluja.

Les vacances gairebé s'havien acabat. Tot tornaria a marxar al pas de sempre.

Però quant de temps trigaria el meu nas a ficar-se en assumptes que no m'importessin? Què hi puc fer, jo, si passen tantes coses misterioses!

Fi

Taller
de lectura

alta mar

Tretze minuts després de mitjanit

1. La màgia del suspens

1.1. L'obra que acabes de llegir pertany al que s'anomena **novel·la de misteri.** Fets inexplicables, enigmes, llegendes, estranyes aparicions... Un ventall d'endevinalles que fascinen el lector, que ha de trobar, de bracet amb l'autor, totes les peces del trencaclosques. S'han escrit, i s'escriuen, moltes, moltíssimes novel·les de misteri perquè el misteri ens atreu i nosaltres, com si estiguéssim embruixats, no podem deixar el llibre fins que ens l'hem empassat tot, d'un sol glop. Hi ha molts autors interessants de novel·les de misteri, però en l'exercici següent ens hem de limitar als que segurament són els més coneguts arreu del món.

— Et proposem que «investiguis» una mica. Has d'omplir els buits relacionant l'autor o autora amb els personatges que el van fer famós o famosa.

Agatha Christie	
	Sherlock Holmes i Dr. Watson

1.2. Podem dir doncs, que dins del gran grup de novel·les de misteri, *Tretze minuts després de mitjanit* forma part de la **novel·la policíaca o de detectius.** Elabora, amb l'ajuda del professor i els companys, una definició clara i senzilla d'aquest tipus de literatura, i explica tot seguit per què aquesta novel·la s'hi pot incloure.

....

....

....

....

....

....

....

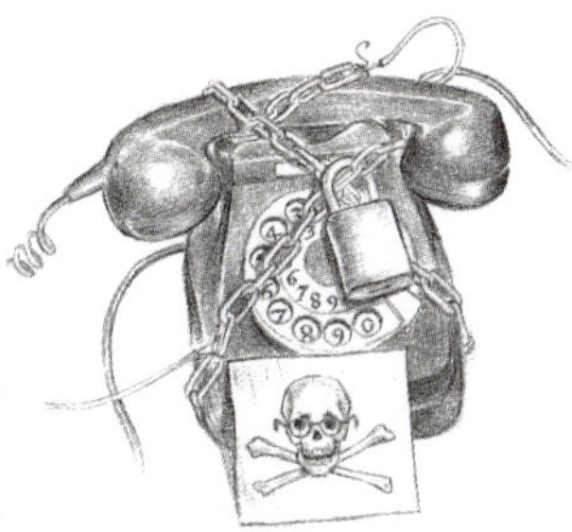

1.3. Les classificacions i les definicions serveixen per posar ordre i per aclarir idees o conceptes. I això és prou bo. Però, en el fons, el que compta és una altra cosa, més senzilla i que segurament tothom ha viscut o experimentat alguna vegada. No has llegit mai una novel·la d'una tirada? O no t'has quedat mai «clavat» a la butaca d'un cinema, com si se't tallés l'alè, com si tu fossis un personatge més de la pel·lícula?

— Mira d'explicar tan bé com puguis, amb les teves paraules, aquesta sensació:

....

....

....

....

Un bon escriptor o director cinematogràfic sap anar retardant la solució del misteri, el final d'una situació angoixosa, etc. Sap crear **la màgia del suspens.**

— Escriu breument l'argument d'una novel·la o d'una pel·lícula que t'hagi agradat o impressionat especialment:

....

....

....

....

1.4. Esbrina què és **el clímax** d'una novel·la o pel·lícula d'intriga. Quin creus que és el clímax de *Tretze minuts després de mitjanit?* Raona la teva resposta.

....

....

....

....

....

— Seria interessant que comparessis la teva opinió amb la dels companys i que en parléssiu a classe amb l'ajut del professor o professora. L'objectiu hauria de ser fixar l'esquema o estructura narrativa de la novel·la.

1.5. En el centenari de la invenció del cinema (1895-1995), no podem pas oblidar el director que més ha dominat l'art del suspens: Alfred Hitchcock.

— Busca informació sobre aquest cineasta, i fes la **fitxa cinematogràfica** de dos o tres pel·lícules seves. A les fitxes, hi has d'escriure el títol del film, l'any que es va estrenar, la durada de la pel·lícula en minuts, el nom del director i dels actors i actrius principals, i un resum breu de l'argument.

— Una altra proposta: podríeu veure alguna pel·lícula de Hitchcock i després comentar-la a classe amb l'ajuda del professor o professora.

2. Exercicis de lèxic

Aquesta novel·la està molt ben escrita i molt ben traduïda al català. I conté tanta **riquesa de lèxic,** d'expressions populars i de frases fetes, que val la pena que hi parem una mica d'atenció.

En primer lloc, començarem a repassar el vocabulari, ja que és possible que algunes de les paraules que hi surten t'ofereixin alguna dificultat de comprensió.

2.1. Vocabulari

Has d'estar segur que entens perfectament el sentit de les paraules de la llista següent, totes elles extretes del text. Si no les comprens consulta el diccionari.

- *però la Dot m'havia clissat*
- *vaig sentir un soroll somort*
- *el terra tou del bosc fremia sota les peülles dels cavalls*
- *també hi havia fumadors empedreïts entre els fantasmes*
- *arraulit*
- *exabruptes*
- *malfactor*
- *La Do va somriure amb murrieria*
- *escardalenc*
- *que no hi havia entès ni un borrall*
- *bugadera*
- *xamba*

2.1.1. Ara que ja coneixes bé el sentit de cada expressió, inventa't una frase on surti cadascuna d'aquestes paraules amb un sentit correcte.

2.1.2. També has de tenir en compte que hi ha paraules que canvien completament de significat si canvia el **context** on apareixen. Així, per exemple, no vol dir el mateix la paraula *bugadera: La bugadera* que estén la roba, i la que surt en el llibre: *I d'on ho ha tret, això, bugadera?*

Explica què vol dir en cadascun dels casos.

....

....

....

2.1.3. Això mateix li passa a la paraula *capsigrany,* que és el nom d'un ocell, i que en canvi ben sovint s'utilitza com a insult, com en el cas d'aquest llibre: *Un capsigrany ha llançat una cosa punxeguda al llom de la Raya!* Busca ara noms d'altres animals que coneguis que també utilitzem sovint com a insult. Després fes una frase per a cadascuna d'aquestes paraules dites com a insult.

....

....

....

2.1.4. A més a més de la llista de paraules anteriors hem destacat també tot aquell vocabulari que fa referència als cavalls, a les plantes, a les bèsties i a les coses de terror.

Vocabulari referent als cavalls

- *poltre*
- *euga*
- *cavall*
- *sella*
- *peülla*
- *brida*
- *cavallot d'escorxador*
- *cavaller*
- *ensellar*
- *trot*
- *quadres*
- *ronsal*
- *manada*
- *regnes*

— Inventa't una frase en què hi surtin 3 o 4 paraules de la llista anterior.

....

....

....

....

Vocabulari referent a les plantes

Fixa't bé en aquestes paraules i assegura't que saps a quina planta o tipus d'arbre es refereixen.

- *bedolls*
- *mates de rododèndron*
- *un grup de gramínies que es balancejaven al vent*
- *mates de gerds*
- *faigs*
- *sotabosc*

— Podríeu organitzar una excursió a algun bosc (una fageda, una pineda...) o visitar un centre de jardineria per observar de prop els arbres o plantes que més us hagin agradat.

Vocabulari referent als animals

- *òliba*
- *merla*
- *rapinyaire*
- *astor*
- *àliga*
- *xoriguer*

Busca al diccionari o en un llibre de ciències com són, i en acabat escriu dues frases en què aparegui el nom dels dos animals que més t'hagin interessat.

....

....

2.1.5. Frases fetes

També, tal com ja hem dit anteriorment, el llibre és ple d'expressions populars i frases fetes que formen part de la llengua comuna. Observa'n aquesta selecció.

- *tothom ja havia tocat el dos*
- *ja has tornat a ficar el nas en coses que no t'importen*
- *ficar-se de peus a la galleda*
- *Interiorment, em vaig treure el barret davant la seva perspicàcia.*
- *Més tard li ho explicaré tot fil per randa.*
- *Has begut oli, sapastre!*
- *Per què no me n'explica una d'indis?*
- *el seu espantós encàrrec d'aquesta nit se n'ha anat en orris*
- *Faci senzillament com si tot hagués anat sobre rodes*
- *En Clementy ja s'ha venut la pell de l'ós sense haver-lo capturat encara.*
- *Hmm... per sucar-hi pa!*
- *Però ara s'hi havia agafat els dits*
- *Ja se'l pot pintar a l'oli, si el veu*

—Ara escriu cinc frases tot utilitzant cinc expressions populars o frases fetes com les que ja han sortit en el llibre o utilitzant-ne altres que coneguis.

2.1.6. Al llibre hi surt la frase: *Que vol jugar a lladres i serenos?*

L'expressió *lladres i serenos* és popular i bastant antiga. Fa referència a les baralles entre els lladres i els serenos, que era un cos de policia municipal que antigament vigilava de nits les ciutats.

Fixa't quina manera més curiosa de dir que va escoltar amb atenció: *Vaig esmolar les orelles.*

— Inventa't tres frases tan originals com aquesta.

....

....

....

....

3. Comparacions i metàfores

3.1. Observa la gràcia que tenen aquestes comparacions que s'han extret del text:

- *... m'havia embrutat de cap a peus amb terra de jardí, com un talp que hagués travessat el globus terraqüi per dins.*
- *Les cases semblaven volar al meu pas, com els bedolls i arbustos de la carretera.*
- *En Tönne saltava, amb el seu pijama de color clar, com si estigués tocat de l'ala.*

- *Corria com si l'empaités el dimoni.*
- *L'home es girava i cargolava com una sardina.*
- *... tremolava com una fulla d'arbre.*
- *Desgraciats que es venien com Judes per quatre xavos.*
- *... feien anar els cavalls com els autèntics «cowboys».*
- *En Titus s'agitava per l'habitació com un búfal furiós.*
- *La lluna, que semblava flotar entre núvols en moviment, era prima com un caramel a mig llepar.*

En aquests casos **la comparació** conté els dos elements a comparar i la partícula comparativa *com*, o *sembla*. En canvi, en el cas que et presentem a continuació s'ha prescindit del nexe de comparació: *Em va mirar amb els seus petits ulls d'ocell*, en comptes de dir: *Em va mirar amb els seus ulls tan petits com els d'un ocell.*

I en les frases següents, també extretes del text, s'ha anat encara més enllà: no només s'ha prescindit del nexe comparatiu, sinó que fins i tot s'ha prescindit del primer element comparatiu. Fixa-t'hi: *Ets un miserable gallina.* En comptes de dir *Ets tan covard com ho és una gallina.* O la frase que ja hem comentat: *Un capsigrany ha llançat una cosa punxeguda al llom de la Raya*, en comptes de dir: *Una persona ximple com un capsigrany ha llançat una cosa punxeguda al llom de la Raya.*

Aquests casos de comparacions reduïdes s'anomenen **metàfores.**

— Ara tu mateix o tu mateixa construeix dues comparacions senceres, dues on s'hagi prescindit del nexe comparatiu i dues metàfores.

....

....

....

....

....

....

3.2. Sovint els animals, per les seves característiques, es presten a ser utilitzats en forma de comparació per descriure formes, actituds o comportaments humans. Recorda els casos de *gallina* i *capsigrany* que ja hem comentat. O aquesta altra comparació extreta del llibre: *En Titus pot ser tan tossut com una mula.*

A continuació fes tres frases diferents tot utilitzant comparacions basades en animals per descriure aspectes o característiques humanes.

....

....

3.3. Fixa't quina manera més divertida que té el protagonista de dir que va accelerar el cotxe. Recorda que al seu cotxe li diu Jonathan i que ell tracta amb cavalls: *Vaig clavar els esperons al Jonathan.*

De quina altra manera podríem dir-ho?

....

....

....

4. Descripcions

4.1. Tot el llibre està farcit de descripcions bellíssimes referides a ambients o a personatges. Observa'n aquesta selecció:

- *Vaig entendre per què la Milady es mantenia dins del seu petit regne. Un delicat mobiliari amb cantoneres entallades i fines figures de porcellana. Retrats en miniatura de l'època de la seva joventut ordenats amb gust sobre un cobretaula rosa...*
- *Em va mirar amb els seus petits ulls d'ocell.*
- *Els petits canaris van començar de sobte a competir entre ells a refilets.*
- *De tant en tant, es podia veure la lluna, difuminada, passar entre els núvols en moviment. Un parell d'estels esparsos titil·laven al seu darrera.*
- *Al límit del bosc, cridava tristament una òliba.*

- *Unes quantes volves de neu gruixudes giragonsaven entre els raigs de sol. Temps d'abril...*
- *Quan vaig veure la Do allà, dreta, en pantalons i botes de muntar, amb les galtes vermelles i els cabells esbullats pel vent, els punys closos i els ulls guspirejant, em semblà de sobte una deessa de la venjança...*
- *¿No tenia, en el fons, enyorança d'aquella ciutat, sense voler-ho reconèixer? ¿És que potser no necessitava aquell formiguer de pisos, tor-res i totxos? ¿No trobava a faltar l'agitació i les presses de la gentada, la bigarrada confusió i els milers de cotxes, autobusos i tramvies arrenglerats com cucs gegantescos?*

Ara, un cop llegides de nou totes aquestes descripcions tan boniques, intenta tu descriure aquestes coses:

— un paisatge: ....

....

....

— un carrer:..

....

....

— una persona: ....

....

....

4.2. Aquesta no es pas una novel·la de terror. Però com que algú vol espantar una dona, en algun moment el relat és ple de frases i descripcions amb molts elements de contingut terrorífic. Fixa't en aquests exemples:

- *El campanar de l'església va tocar puntualment la mitjanit. L'hora dels esperits.*
- *Vaig sentir que grataven la porta, que rascaven un llumí i aleshores es van encendre dos fanalets vermells. Llums de cementiri.*
- *Una veu profunda va cridar:*

  — L'enterramorts és aquí!
- *Les llums tremoloses van convertir aquella aparició en una figura gegantina i desfigurada.*
- *... quina mena de caixa era? Un fèretre?*
- *Era una escena ben depriment, veure com l'esprimatxat sepulturer llançava palades de terra mentre deixava anar una rialleta.*
- *... ell va exclamar amb veu potent: —La tomba ja està a punt! –va amenaçar la casa amb el puny clos i agafà el taüt.*

— Ara escriu dues frases intentant aconseguir un efecte de por i misteri.

....

....

....

5. Caracterització dels personatges

5.1. L'autor d'aquesta novel·la té molta traça a descriure amb breus pinzellades la **psicologia** (el caràcter, el comportament...) dels personatges. Fixem-nos en el narrador de la història. En Luc Lucas, com a bon detectiu, analitza sempre **el perquè** dels fets. I, a més, també dóna sempre **una explicació lògica de la seva actuació.** Un exemple: hi ha un moment en què, tot cavalcant amb la Do, veu brillar alguna cosa al sol, però no hi dóna més importància. Més endavant, descobreix que aquella lluentor la produïa algú que rondava pel bosc i que devia de llançar un dard al llom de la Raya. Per això diu: *Que això era un error, no me'n podia pas adonar en aquell moment* (cap.5, p. 68). Per tant, podem dir que en Luc Lucas és **analític i reflexiu.**

— Intenta definir amb els adjectius adequats els altres personatges importants:

la Doris, o Do ....

en Martin ....

la Nati ....

en Titus ....

la senyora Zetschke ....

el Dr. Kessler ....

en Jupp Musial ....

l'advocat Clementy ....

6. Suggeriments

6.1. En Luc Lucas és un antic inspector de policia. A veure si saps explicar en què consisteix la feina d'un inspector de policia.

....

....

....

....

....

....

— T'agradaria ser inspector de policia? Raona la teva resposta.

....

....

....

— T'agradaria viure en una granja al camp i criar cavalls?

Raona la teva resposta.

....

....

....

6.2. Fes una llista de les qualitats que et sembla que ha de tenir un bon investigador de policia:

....

....

....

....

Ara fes una llista dels defectes que et sembla que de cap manera no pot tenir un bon investigador:

....

....

....

Tu serviries per investigador? Explica per què et sembla que sí o per què et sembla que no serviries:

....

....

....

Saps la diferència entre un policia i un detectiu? Informa-te'n i explica-ho.

....

....

....

Índex

Sèries *de la col·lecció* alta mar

Aventures

Ciència-Ficció

Contes

Humor

Misteri

Novel·la Històrica

Novel·la Realista

Poesia

Teatre

Títols publicats

1. *Gabriel* JANER MANILA. **Contes per als qui dormen amb un ull obert** (C).
2. *M. Dolors* ALIBÉS. **Superfantasmes en un supermercat** (H).
3. *Jean* GUILLORÉ. **El viatge d'en Nicolau** (A).
4. *Mercè* COMPANY. **Bruixes, diables i apareguts** (C).
5. *Mercè* VIANA. **El fantasma poruc de Vineifuig** (H).
6. *Ricard* BONMATÍ. **Estimades feres (Bestiari)** (P).
7. *Gianni* PADOAN. **Concert de llibertat** (NH).
8. *Miquel* RAYÓ. **En Tupac i els fills del Sol** (A).
9. *J. Aurora* MAYORAL. **La cova de la Lluna** (CF).
10. *Gabriel* JANER MANILA. **Les aventures d'en Pere Pistoles** (T).
11. *Sauro* MARIANELLI. **Una història dins la Història** (NH).
12. *Irina* DROZD. **L'accident** (M).
13. *Mercè* VIANA. **Cuagroga, una fada trastocada** (C).
14. *Enric* LLUCH. **Potosnàguel** (A).
15. *Josep M.* ALMÁRCEGUI i *Fernando* LALANA. **La bomba** (H).
16. *Maria* AYMERICH. **Quina regadora!** (C).
17. *F.* ALMENA, *M. del* AMO, *J.* FARIAS, *J. M.* GISBERT, *A.* GÓMEZ CERDÁ, *G.* JANER MANILA, *C.* KURTZ, *F.* LALANA, *C.* LÓPEZ NARVÁEZ, *J. A.* MAYORAL, *P.* MOLINA LLORENTE, *J.* MUÑOZ, *C.* MURCIANO, *J. L.* OLAIZOLA, *M.* PUNCEL. **Company de somnis** (C).
18. *Enrique* PÁEZ. **Torna'm l'anell, cap d'estornell** (M).
19. *Enric* LLUCH. **El Faraó Totun-nas** (H).
20. *Hilda* PERERA. **Mumú** (A).
21. *Oriol* VERGÉS. **Un poble contra els Hamid** (NR).
22. *Lucila* MATAIX. **Amadeu trotambolics** (C).
23. *Manfred* LIMMROTH. **L'Otto ha desaparegut** (H).
24. *Jordi* VIVES. **El col·leccionista d'estrelles** (A).
25. *Ursula* WÖLFEL. **Vinga històries!** (C).
26. *Alan C.* McLEAN. **El fantasma de Kilmory** (A).
27. *Joan Manuel* GISBERT. **L'enigma de la noia adormida** (A).
28. *M. Dolors* ALIBÉS. **Les pizzes fantàstiques de Moi Mozarel·la** (H).
29. *Mercè* COMPANY. **Les dents del lleó** (A).
30. *Josep* GÒRRIZ. **El vol de l'oreneta** (A).
31. *Carles* CANO. **T'he enxampat, Caputxeta!** (T).
32. *Alfredo* GÓMEZ CERDÁ. **La gota de pluja** (C).

33. *Jacques FUTRELLE.* **La Màquina Pensant** (M).
34. *Enric LARREULA.* **Bestiesari** (P).
35. *Jo PESTUM.* **Tretze minuts després de mitjanit** (M).
36. *Ángel ESTEBAN.* **Avi, què és el sol?** (C).
37. *Enric GOMÀ.* **Els invents del doctor Poff** (H).
38. *Mira LOBE.* **Fridolí segrestat i altres contes** (C).
39. *Jaqueline CERVON.* **L'àlbum d'en Benet** (C).
40. *Jordi CASELLAS.* **Plini i els mukimukis** (H).
41. *Gabriel Janer MANILA.* **Aquella dona que vingué de Mart** (C).
42. *M. Dolors ALIBÉS.* **Grill Cordill** (C).
43. *Emilio SANJUÁN.* **Simó, Simó** (H).
44. *Suzanne MARTEL.* **Surreal 3000** (CF).
45. *Marina SEOANE.* **On són els meus dibuixos?** (C).
46. *Empar de LANUZA.* **La família feroç** (H).
47. *José F. VISO.* **Cargol-Col, detectiu** (M).
48. *Joan de Déu PRATS.* **El Nadal de l'oncle Huckleberry** (H).
49. *Lucila MATAIX.* **Un gegant a la butxaca** (C).
50. *Alice VIEIRA.* **Bloc 12, 2n. esquerra** (NR).
51. *M. Lluïsa GASCON.* **La troballa** (C).
52. *Kara MAY.* **La bruixa de Mixo i el monstre** (C).
53. *Enric LLUCH.* **L'equip dels Rosegons** (C).
54. *Joan de Déu PRATS.* **Un safari dins de casa** (H).
55. *Concha BLANCO.* **Tant se me'n dóna!** (H).
56. *Dick KING-SMITH.* **En Geni** (C).
57. *Fernando ALMENA.* **Marcel Rapapèl** (H).